LITERATURE
AND
ART
STUDIES
SERIES

文艺研究小丛书
（第一辑）

在中国
发现批评史

蒋 寅 ◎ 著
陈 斐 ◎ 编

文化艺术出版社
Culture and Art Publishing House

图书在版编目（CIP）数据

在中国发现批评史/蒋寅著.—北京：文化艺术出版社，2021.8
（文艺研究小丛书/张颖主编.第一辑）
ISBN 978-7-5039-7104-4

Ⅰ.①在… Ⅱ.①蒋… Ⅲ.①中国文学－古典文学－文学评论－文集 Ⅳ.①I206.2-53

中国版本图书馆CIP数据核字（2021）第146927号

在中国发现批评史

（《文艺研究小丛书》〈第一辑〉）

主　编	张　颖
编　者	陈　斐
著　者	蒋　寅
丛书统筹	叶茹飞
责任编辑	魏　硕
责任校对	董　斌
书籍设计	李　响　姚雪媛
出版发行	文化藝術出版社
地　址	北京市东城区东四八条52号（100700）
网　址	www.caaph.com
电子邮箱	s@caaph.com
电　话	（010）84057666（总编室）　84057667（办公室）
	84057696—84057699（发行部）
传　真	（010）84057660（总编室）　84057670（办公室）
	84057690（发行部）
经　销	新华书店
印　刷	国英印务有限公司
版　次	2022年1月第1版
印　次	2022年1月第1次印刷
开　本	880毫米×1230毫米　1/32
印　张	4.375
字　数	66千字
书　号	ISBN 978-7-5039-7104-4
定　价	42.00元

版权所有，侵权必究。如有印装错误，随时调换。

总　序

张　颖

2019年11月,《文艺研究》隆重庆祝创刊四十年,群贤毕集,于斯为盛。金宁主编以"温故开新"为题,为应时编纂的六卷本文选作序,饱含深情地回顾了《文艺研究》的何所来与何处去。文中有言:"历史是一条长长的水脉,每一期杂志都可以是定期的取样。"此话道出学术期刊的角色,也道出此中从业者的重大使命。

《文艺研究》审稿之严、编校之精,业界素有口碑。这本质上源于编辑者的职业意识自觉。我们的编辑出身于各学科，受过严格的学术训练，在工作中既立足学科标准，又超越单学科畛域，怀抱人文视野与时代精神。读书写作，可以是书斋里的私人爱好与自我表达；编辑出版，是作者与读者、写作与出版的中间环节，无时不在公共领域行事，负有不可推卸的公共智识传播之责。学术期刊始终围绕"什么是好文章"这一总命题作答，更是肩负着学术史重任，不可不严阵以待。本着这一意识做学术期刊，编辑需要端起一张冷面孔，同时保持一副热心肠，从严审稿，从细编校。面对纷繁的学术生态场，坚持正确的政治导向，保持冷静客观的判断；面对文字、文献、史实、逻辑，怀着高于作者本人的热忱，反反复复查证、商榷、推敲、打磨。

我们设有相应制度，以保障编辑履行上述学术史义务。除了三审加外审的审稿制度、五校加互校的校对制度，每月两度的发稿会与编后会鼓励阐发与争鸣，研讨气氛严肃而热烈。2020年5月，在中国艺术研究院各级领导大力支持下，杂志社成立艺术哲学与艺术史研究中心。该中心秉持"艺术即人文"的大艺术观，旨在进一步调动我刊编辑的学术主体性与能动性，同时积极吸收优质学术资源和研究力量，推动艺术学科体系建设。

基于上述因缘，2021年初，经文化艺术出版社社长杨斌先生提议，由杂志社牵头，成立"文艺研究小丛书"编委会。本丛书是一项长期计划，宗旨为"推举新经典"。在形式上，择取近年在我刊发文达到一定密度的作者成果，编纂成单作者单行本重新推出。在思想上，通过编者的精心构撰，使之整体化为一套有机勾连的新体系。

编委会议定编纂事宜如下。每册结构为总序+编者导言+作者序+正文。编者导言由该册编者撰写，用以导读正文。作者序由该册作者专为此次出版撰写，不作为必备项。正文内容的遴选遵循三条标准：同一作者在近十年发表于《文艺研究》的文章；文章兼备前沿性与经典性；原则上只选编单独署名论文，不收录合著文章。

每册正文以当时正式刊发稿为底稿。在本次编撰过程中，依如下原则修订：1. 除删去原有摘要或内容提要、关键词、作者单位、责任编辑等信息外，原则上维持原刊原貌；2. 尊重作者当下提出的修改要求，进行文字或图片的必要修订或增补；3. 文内有误或与今日出版规范相冲突者，做细节改动；4. 基本维持原刊体例，原刊体例与本刊当前体例不符者，依当前体例改；5. 为方便小开本版式阅读，原尾注形式统改为当页脚注。

　　编研相济，是《文艺研究》的优良传统。低调谨细，是《文艺研究》的行事作风。丛书之小，在于每册体量，不在于高远立意。如果说"四十年文选"致力于以文章连缀学术史标本，可称"温故"，那么，本丛书则面对动态生成中的鲜活学术史，汇聚热度，拓展前沿，重在"开新"。因此，眼下这套小丛书，是我们在"定期取样"之外，以崭新形式交付给学术史的报告，唯愿它能够为读者提供一定帮助或参照。

编者导言

陈斐

最近二三十年来,在中国文学的次级学科中,恐怕没有哪门学科像文学理论那样饱受非议且充满身份焦虑。研究古代文学的人,指责它忽视了中国古代文学的"中国性"和发生发展的"古典语境",难以指导研究工作。从事当代文学批评的人,诋谋它脱离当下文学实践,未能及时吸纳并升华当代文学经验。甚至连致力于文学理论研究的学者,也自叹患了"集体失语症":"中国现当代文化基本上是借用西方的一整套话语,长期处于文化表达、沟通和解读的'失语'状态。"[1] "当我们要用理论来讲话时，想一想罢，举凡能够有真实含义的或者说能够通行使用的概念和范畴，到底还有几多不是充分洋化了的（就算不是直接抄过来）。如果用人家的语言来言语，什么东西可以算得上是'中国自己的'呢？"[2]

为了走出"失语"困境、建构合法身份，文学理论界瞩目于中国古代文论，提出"传统文论的现代转化"之命题。这当然是合理的，然绝非一蹴而就。如果我们不改变观照、阐释传统文论的立场、视角、方式和框架，就贸然"转化"，最后看到的、得到的不过是自己现在颇不满意的那副形象的"影子的影子"而已。柯文《在中国发现历史——中国中心观在美国的兴起》开篇即说："中国史家，不论是马克思主义者或非马克思主义者，在重建他们自己过去的历史时，在很大程度上一直依靠从西方借用来的词汇、概念和分析框架，从而使西方史学家无法在采用我们这些局外人的观点之外，另有可能采用局

---

[1] 曹顺庆：《重建中国文论话语》，载中国中外文艺理论学会、四川大学中文系主办《中外文化与文论》（1），四川大学出版社1996年版。
[2] 孙津：《世纪末的隆重话题》，《文艺争鸣》1995年第1期。

中人创造的有力观点。"[1]这提醒我们,在"转化"之前,首先要放下成见、脱离以往"局中门外汉"[2]的尴尬处境,对传统文论做一番重新阐释和评价的工作,以认清自家真实、本来的面目。

蒋寅教授借用柯文的说法,将这一工作称为"在中国发现批评史"。他在《文艺研究》2017年第10期发表的《在中国发现批评史——清代诗学研究与中国文学理论、批评传统的再认识》一文中,凭借自己多年从事清代诗学研究的丰富积累,纠正了近代以来海内外学界流行的关于中国古代文论的三个偏见:第一,中国文学批评属于感悟式、印象式的;第二,没有成系统的理论著作;第三,缺少真正科学意义上的理论范畴,没有严格意义上的理论命题。他指出,自近代以来,古代文学批评史乃至文学史研究始终是前重后轻、前实后虚,对明清以来关注不够;这些偏见指涉的对象基本只限于唐宋以前的文学理论和批评,未能注意到明清以来文学理论、批评的长足发展

---

[1] [美]柯文:《在中国发现历史——中国中心观在美国的兴起》,林同奇译,中华书局1989年版,"序言"第1页。
[2] 张祖翼《伦敦竹枝词》初版自署,参见张祖翼《伦敦竹枝词》,载钟叔河、曾德明、杨云辉主编《伦敦竹枝词·法京纪事诗·西海纪行卷·柏林竹枝词·天外归槎录》,岳麓书社2016年版,第30页。

所带来的言说方式、著述形态和话语特征的变化。其实，清代诗学在理论与批评两方面都清楚地显示出学理化的自觉，有许多有系统有条理的作品，如焦袁熹《答钓滩书》是迄今所见最全面地论述"清"这一重要诗美概念的长篇论文。这启示我们，清代诗学乃至中国文学理论和批评的传统，存在一个重新认识、重新"发现"的问题。由于该文涉及中西文学理论的沟通和对话、当代中国文学理论的建设等重要命题，呼应并推进了"三大体系"建设，故在发表后引起广泛反响，人大复印报刊资料《文艺理论》（2018年第1期）、《中国社会科学文摘》（2018年第2期）和《新华文摘》（2018年第7期）等多家刊物予以转载，并被评为国家社会科学基金优秀文章。

蒋寅不仅以敏锐的学术嗅觉、扎实的学术素养提出并论证了"在中国发现批评史"之必要，而且以具体而带有新意的研究，为"如何发现"做了颇有启示价值的探索。他"在中国发现批评史"的第一条探索之旅，是重新梳理中国古代文论的基本概念和命题，撰著了《古典诗学的现代诠释》（中华书局2003年版）一书。蒋寅选择研究的题目，有些很少有人涉及，有些虽已被谈论得很多，但其提问的角度和得出的结论却足成一家之言，使用的材料有不少更是他在阅读中首次发掘出来的。而且,他倾心于"一种历史与逻辑相统一的研究",强调在理论的历史展开中把握其发生、发展、转变的逻辑进程。在《文艺研究》2000年第6期首发的《至法无法:中国诗学的技巧观》一文中,蒋寅讨论的是中国古代诗学在技巧问题上的终极观念——"至法无法"。这一命题虽然重要——贯穿于中国文学各部门的技巧理论尤其是诗论中,深刻影响着古代诗论家对文体、结构、章法、声律、修辞等一系列问题的基本看法,但因为材料分散,学界论述很简略。蒋寅不仅勾勒了"至法无法"命题形成、演变的过程,初步探讨了其哲学内涵及思想渊源,而且通过古人在起承转合和古诗声调论两个问题上的典型态度,说明了"至法无法"观念在传统诗学中的实际表现。文章发表后被《中国社会科学文摘》2001年第2期转载,被黄天骥等学者引用48次,颇受好评。

蒋寅"在中国发现批评史"的第二条探索之旅,是研究清代诗学史。他在《文艺研究》陆续发表的《冯班与清代乐府观念的转向》(2007年第8期)、《纪昀的诗学品格及其核心理念再检讨》(2015年第10期)、《"正宗"的气象和蕴含——沈德潜新格调诗学的理论品位》(2016年第10期)等文,都是其阶段性或延展性成果。他将"进入历史的过程"作为研究目标，力图呈现中国诗学在清代近三百年间的逻辑展开和层累式的演进过程。同时，蒋寅心仪"文艺学和文献学"相结合、"诗歌史和诗学史"相融合的治学境界：在研究清代诗学史之前，他做了"地毯式"的普查工作，撰成《清诗话考》（中华书局2005年版）一书；诗歌史研究的储备不仅使他能够更好地领会古典诗学的奥妙，而且使他能够在理论、批评与创作互动的"整全生态"中把握诗学问题，这使他研究的诗学史，"是融观念史、批评史和学术史为一体的工作，它和清代诗歌史、批评史及学术史是紧密地交织在一起的，也可以说正是在三者的互动中展开的"[1]。比如，既往研究大都将沈德潜看作"格调论"的代表。蒋寅的《"正宗"的气象和蕴含——沈德潜新格调诗学的理论品位》一文，在全面爬梳沈德潜诗论的基础上，指出沈德潜实际上很少使用"格调"一词。由此切入，他联系中国诗学"格调"范畴的演变史、明清诗学发展的历史背景和当时诗坛的舆论氛围，对沈德潜诗学观点做了比较深入的分析，认为其诗学与其说是一种格调理论，还不如说体现了格

---

[1] 蒋寅：《清代诗学史》（第一卷），中国社会科学出版社2012年版，第48—49页。

调派的观念。沈德潜吸收"神韵"概念提升理论品位,以折中的思维方法避免明代格调派的极端主张和狭隘倾向,以襟抱、学识充实主体蕴含,突出伦理性要求,总结前辈研精诗律的真知灼见以弥补明代格调诗学在声律方面尚停留于朦胧意识的不足,最终从有法到无法、从美学的高度论述诗学原理问题。再如,纪昀是清代乾隆朝学术、文化界执牛耳式的人物,曾多次担任乡、会试考官,并屡次出任武英殿、三通馆纂修官,四库全书馆总纂官等官方大型文化工程总负责人。其诗学主张随着《四库全书》的流播,影响有清一代甚大。然而,学界对其诗学思想的研究比较简单、平面化,人们大多将纪昀看作儒家意识形态的捍卫者和官方文艺思想的宣传者,对其诗学话语言说的语境关注不够。蒋寅的《纪昀的诗学品格及其核心理念再检讨》一文,联系乾隆朝诗学言说、流变的大背景,对纪昀诗学的折中立场及具体理论展开、纪昀对儒家诗学话语的重塑和改造做了新的分析和评价。这些研究,都是在更广阔的视野下考察具体的诗学问题,往往能够兼顾纵、横两个维度的会通,既见渊源流变,又察互动对话;不仅阐明诗论家"说了什么""说得如何""有何意义",而且用话语分析的方式说明其"怎么说的""为什么要这么说",可谓较好地达到了蒋寅预设的"在许多老生常谈的问题上拿出自己的独到看法"之目标。

蒋寅坦言,自己更欣赏那种追求"无用之用"的治学态度,那是一种超然的审美的态度,一种为好奇心驱使的求真的态度,发自对研究对象的浓厚兴趣和热爱。对当今学界而言,这种超然无用的"在中国发现批评史"的探索之旅,应该是更为切实的当务之急,更能在真正意义上推进富有民族思维特色和文化性格的本土文学理论建设,实现"无用之大用",因为"每门科学的完成往往无非是其历史性的哲学成果"。[1]

---

[1] [美]雷纳·韦勒克:《近代文学批评史》(第一卷),杨岂深、杨自伍译,上海译文出版社1987年版,第9—10页。

作者序

蒋 寅

从大学二年级开始,我发现自己的兴趣是在古典文学,阅读逐渐集中于古典诗歌和笔记杂说,喜欢文献考证。同时又对美学非常着迷,看了不少翻译著作,写下许多笔记,记录自己对美学原理问题的思考。考入广西师范学院读硕士,专业是中国文学史,课程多集中于先秦典籍和文献学,但担任文学理论课程的黄海澄教授,以"新三论"(系统论、信息论、控制论)阐释美学和文学理论问题,让我们受到新的理论思维和思想方法的熏陶。1985年考入南京大学，师从程千帆先生研究唐宋诗歌，又在卞孝萱、周勋初、郭维森等老师的指导下受到文献考据和文学史研究的训练。

程千帆先生的学术是从文献学入手，由作家、作品上升到文学史研究，同时关注文学理论和批评，力图从文学研究中发现、提炼理论问题。在文学研究中，他主张将考据和批评结合起来，形成自己"文献学+文艺学"的学风；在文学理论研究上，他曾在《古典诗歌描写与结构中的一与多》一文中提出：

> 从理论角度去研究古代文学，应当用两条腿走路。一是研究"古代的文学理论"，二是研究"古代文学的理论"。前者是今人所着重从事的，其研究对象主要是古代理论家的研究成果；后者……似乎被忽略了。……直接从古代文学作品中抽象出理论的传统方法，也似乎应当重新使用，并根据今天的条件和要求，加以发展。

先师这种两条腿走路的宗旨对我影响很大，后来我从唐诗研究到文学史研究，从清代诗学研究到古典诗学基本概念和命题研究，一直都在努力践行。广泛阅读文献，最大限度地掌握研究范围内的原始文献；同时热切关注文学理论的发展，以文学理论提供的新视角去观察问题，用文学理论总结的普遍原理去思考问题，并且以中国古代文学的丰富经验与当代文学理论相印证，从古代文论的丰富蕴涵中提炼有普遍价值的理论命题，揭示和消除现有文学理论的盲点，与西方文学理论构成互相发明、互相补充的关系。

回顾自己的学术经历，对于文学理论，开始是出于兴趣而接受的，当然也立足于理解与认同。对文学的基本观念，取法于苏珊·朗格的符号学理论，撰写博士学位论文《大历诗风》时即以朗格《情感与形式》《艺术问题》两书的观点作为自己把握文学问题的立足点。但随着阅读日广、研究愈深，对文学和文学史就逐渐有了自己的看法，再读到某些外国理论学说，会产生深得我心的共鸣。比如对历史的基本观念，最初看到卡尔的《历史是什么》、波普的《历史决定论的贫困》，后来看到海登·怀特的著作，都属于这种情形。不再是学习或接受某种思想观念受到启迪的兴奋，而是自己固有的认识获得印证的愉悦，慢慢地论文中对当代西方文学理论的引证就不再是奉为论述的权威依据，而只是作为对先行研究的尊敬。

20世纪90年代中叶，我写完《大历诗人研究》后，感觉自己的知识储备已然告罄，很想研究一下古代诗歌理论，给自己充充电。而我供职的中国社会科学院文学所，收藏历代诗学著述极为丰富，数量众多的清人别集和诗话很少为人关注，于是我便从编纂《清代诗学著作简目》开始，涉足于清代诗学研究。由王渔洋研究到康熙诗坛研究，由叶燮《原诗》笺注到清代诗学史研究，经过20年时间的爬梳剔抉，写出了《清代诗学史》第一、二卷。我的清代诗学史建构，与前辈或时贤有一个很大的不同，它不是单一的观念史，而是集观念史、批评史和学术史为一身的历史论述。由于清代诗学研究积累薄弱，许多问题都带有拓荒性质，缺乏可参考的研究成果，这就使我的论述无法像一般的通史那样概括和扼要，堆积着许多原始文献的解读和分析，带有浓厚的史论性质，篇幅也相当繁冗。

清代是中国古代思想和学术的总结期，学术风气浓厚，学风严谨，诗学也因此成为真正意义上的学问，产生许多富有理论独创性和学术深度的著作。虽然从乾隆中叶开始，以袁枚《随园诗话》为代表，诗话写作出现了面向当代诗歌批评的转型，但清代诗学总体上仍是面向整个古典诗歌的历史，面向历代诗歌和诗人，所以研究清代诗学就等于研究整个诗歌史和古典诗学。对清诗话的广泛阅读，不仅让我认识到清代诗学丰富的理论内涵和诗歌史研究的深厚积累，体会到清代诗学在古代文学理论和批评史上的重要地位，同时也激活了我研究诗歌史和前代诗学的心得，引发我重新思考古代诗歌的一些现象和理论问题，不断产生新的想法和认识。这些认识慢慢由经验上升到理论层面，就凝聚成《古典诗学的现代诠释》及续编中的一个个理论命题，其中《以高行卑》提出的古代文体互参中的体位定势和《拟与避》提出的"隐性互文"概念，都属于程先生说的"直接从古代文学作品中抽象出理论的方法"，对当代文学理论不无补充意义。

中国文学理论的创新问题，多年来一直困扰着学界，近年逐渐形成吸收西方文论精华、发掘古代文论的当代价值和总结当代文学创作经验三者结合的共识。这一思路看似颇为通达，但是否行得通，我还抱有怀疑。在我看来，不同理论的融合绝不像不同元素的混合，能通过化学反应产生新的物质，理论的融合就是原有理论的混杂，不会形成新的理论。文学理论的创新只能出自文学经验的总结和提炼，从丰富的经验中发现带有普遍性的问题，总结出具有原理意义的命题和学说。中国文学拥有三千多年的漫长历史，保存了无比丰富的文学作品，这些作品经过历代的评估、筛选和淘汰，在不断被经典化的同时也在不断地被诠释和研究。古来积累的数量庞大的文学批评和理论文献，本身就是蕴藏中国文学经验的宝库，对它展开深入的探究，必将充实和丰富现有的文学理论。

我越来越坚信，对古代文论和批评的研究是进入中国文学历史、开启中国文学经验宝藏的钥匙。事实上，只有明了古人如何理解文学、如何写作文学，我们才能找到妥当的、有效的打开方式，让先人心血所凝聚、精神所寄托的文学境界向我们展开。这无疑是非常艰难的工作，刘勰在一千多年前就发出了"知音其难"的感慨。但为了鉴古以知今、守先而待后，我们必须一步一步地跋涉、探索。而在今天，首先有必要做好刘大白1919年在《中诗外形律详说·自序》里提出的盘点家底的工作，否则我们面对西方当代文学理论，就仍然无法摆脱刘大白所预言的理论窘境：

> 不论是想把自己所有的古董向人家夸耀的，不论是想指摘人家底古董尽是些碎铜烂铁，一钱不值的，不论是想采运了洋古董来抵制国货的，似乎都得先把这些古董查明一下，给它们开出一篇清单来。如果不做查账、结账的工

夫，而只是胡乱地夸耀一下、指摘一下、抵制一下，这种新旧交哄，未免有点近乎瞎闹。

而这种盘点家底的工作也不是容易的，即以诗学而言，清代以前的诗话基本已整理出来，就是数量更庞大的清诗话，几年后也将大体排印出来，但数量尚不清楚的札记、序跋和评点呢？要全部摸清，绝非易事。在中国发现批评史，仍是个漫长的、有待于学界共同跋涉的旅程。

目录

001 在中国发现批评史

　　——清代诗学研究与中国文学理论、批评传统的再认识

048 "正宗"的气象和蕴含

　　——沈德潜新格调诗学的理论品位

077 纪昀的诗学品格及其核心理念再检讨

在中国发现批评史
——清代诗学研究与中国文学理论、批评传统的再认识

从1983年我第一次参加中国古代文学理论学会的年会，在寻找古代文论民族性的主题下听到的各种对古代文论民族特色的概括，到三十年后在"失语症"或丧失话语权的令人沮丧的反思中听到的对古代文论"异质性"的强调，虽然心态和出发点完全不同，但思维方式和得出的结论却惊人地相似。明明是一个尚未登台的无交流状态，却被偷换成没有声音的判断。香港学者黄维樑的这样一个感慨，竟似成为中国文论不言自明

的判词:"在当今的西方文论中,完全没有我们中国的声音。20世纪是文艺理论风起云涌的时代,各种主张和主义,争妍斗丽,却没有一种是中国的。"[1]经过一番追根溯源的反思,这笔账在很大程度上被算到中国文论传统头上,于是在反思传统的名义下对传统文学理论和批评形成的三个以偏概全的结论,在很长一段时间内主导了我们对传统的认识。以至于今天,当学人一谈到中国古代文论的传统,就不觉陷入这些先入为主的观念之中。

一、关于中国文学理论、批评的三个偏见

虽然三个偏见作为老生常谈随时都能听见、看到,但为了避免给人无的放矢的印象,我还是花了很大力气来搜集证据,以致本文延宕多年方得成稿。按照我的归纳,三个偏见表达为这样一些判断:

---

[1] 黄维樑:《〈文心雕龙〉"六观"说和文学作品的评析——兼谈龙学未来的两个方向》,《北京大学学报(哲学社会科学版)》1996年第3期。

（一）中国文学批评属于感悟式、印象式的

早在20世纪30年代，朱光潜在欧洲留学期间写作《诗论》，就提出了"中国人的心理偏向重综合而不喜分析，长于直觉而短于逻辑的思考"[1]的论断。长期以来，这一结论框定了后人对传统文学理论和批评基本性格的认识，限制了人们全面认识传统的视野。四十年后美国加州大学叶维廉又在1971年写作的《中国文学批评方法略论》一文中指出："中国的传统批评中几乎没有娓娓万言的实用批评，我们的批评（或只应说理论）只提供一些美学上（或由创作上反映出来的美学）的态度与观点，而在文学鉴赏时，只求'点到即止'。"[2]虽然他并不否认中国传统文学批评的功能和价值，但对事实的认定明显与朱光潜的论断如出一辙。而且这并不只是他们一两个人的看法，许多老辈学者都这么认为。先师程千帆先生在1979年3月的日记中，记下他比较中西文艺理论得出的认识，以为中国文论"科学性、逻辑性不强，随感式的，灵感的，来源于封建社会悠闲生活"[3]。几十年过去，至今学界的一般看法仍是"西

---

1 朱光潜：《诗论》，北京出版社2005年版，第1页。
2 叶维廉：《从现象到表现》，台湾东大图书公司1994年版，第116页。
3 徐有富：《程千帆沈祖棻年谱长编》，南京大学出版社2013年版，第288页。

方美学偏于理论形态，具有分析性和系统性，而中国美学则偏于经验形态，大多是随感式的、印象式的、即兴式的，带有直观性和经验性"[1]。叶维廉举的例子以司空图《二十四诗品》为代表，虽然当代学者有不同的看法和评价，但仍同意以诗话为主体的中国诗学具有这样一些特点：1. 类比与譬喻式的论诗方式；2."语录"与"禅语体"式的批评话语；3."以诗论诗"的独特文体。[2]这些特点概括了今人对中国古代文学理论、批评言说方式的理解。

（二）没有成系统的理论著作

这种论断也由来已久。1924年，陈荣捷就断言："中土之文学评论，实不得谓为有统系的研究，成专门的学问。"[3]1928年出版的杨鸿烈《中国诗学大纲》也认为："中国千年多前就有诗学原理，不过成系统有价值的非常之少，只有一些很零碎散漫可供我们做诗学原理研究的材料。"[4]朱光潜《诗论》则说："中国向来只有诗话而无诗学……诗话大半是偶感随笔，信手

---

[1] 转引自叶朗《中国美学史大纲》，上海人民出版社1985年版，第14页。
[2] 方汉文：《当代诗学话语中的中国诗学理论体系——兼及中国诗学的印象式批评之说》，《兰州大学学报（社会科学版）》2010年第2期。
[3] 陈荣捷：《中国文学批评》，《南风》第1卷第3期。
[4] 杨鸿烈：《中国诗学大纲》，台湾商务印书馆1976年版，第7页。

拈来，片言中肯，简练亲切，是其所长；但是它的短处在零乱琐碎，不成系统。"[1]1977年，台湾学界曾有一场关于批评方法的论争，以夏志清与颜元叔为对立双方的代表。夏志清认为当下的文学批评太过于注重科学化、系统化，且迷信方法，套用西洋理论往往变成机械的比较文学研究；颜元叔则反驳说，夏志清是"印象主义之复辟"，并认为中国传统的文学批评，如诗话、词话都只是印象式的批评，主张批评应该基于理性的分析，而不应只停留在直觉层面和对作家传记的了解上。两人的对立观点引发了有关中国古代文学批评是不是主观的、印象式的论辩，议论蜂起，见仁见智[2]。但最终大家都承认，"中国文学批评确实比较没有系统，缺乏分析与论证，似乎较为主观。这点，颇令人沮丧"[3]。中国大陆文学理论家则往往在中西比较的视野下认定："西方的诗学理论有较强的系统性，而我国传统的理论则较为零散。因为西方传统理论重分析、论辩，当然就表现出很强的系统性；而中国的诗学理论批评重感受、重领

---

1 朱光潜：《诗论》，北京出版社2005年版，第1页。
2 参见沈谦《文学批评的层次——从夏志清颜元叔的论战谈起》，《幼狮文艺》1977年第45卷第4期。
3 龚鹏程：《细部批评导论》，载《文学批评的视野》，台湾大安出版社1990年版，第390页。

悟,所以往往表现为片言只语。"[1]《中国诗学批评史》的作者陈良运也说中国诗学"缺少全面的、系统的诗学专著,诗人和诗评家关于诗的发展史及诗的创作与鉴赏等方面的见解与阐述,多属个人经验式和感悟式的,尚未自觉地进行理论建构和实现整体把握"[2]。非古典文学专业的学者尤其会认同这种看法,如周海波《中国现代文学批评史论》第一章就认为,中国古代批评家"从朴素的整体观念和直觉阅读感受出发,构筑了一个漫不经心的缺少严密逻辑推导和理性特点的批评框架。在批评文体专事记载阅读偶感和某种体验,是一些人生碎片的集合","而过分简单化的语句,又使人感到古典批评的某种空白艺术,那些零散的、断片的词句,在表达自己的批评思想时有些躲躲闪闪,而微观批评方法和考据式的方法,使整个批评文体缺少综合性",因而"中国古典文学批评较之西方文学批评,主要缺少那种富有哲学精神的理性色彩"[3]。至于西方学者,限于自己接触到的少量文献,更容易产生一个印象:"大多数有关诗

---

1 黄药眠、童庆炳主编:《中西比较诗学体系》(上、下),人民文学出版社1991年版,第24页。
2 陈良运:《论中国诗学发展规律、体系建构与当代效应》,载钱中文、李衍柱主编《文学理论:面向新世纪》,山东人民出版社1997年版,第483页。
3 周海波:《中国现代文学批评史论》,上海人民出版社2002年版,第20—23页。

歌及其本质的讨论都见于有关具体的诗歌或对联的文章、书信或附带性言论的上下文之中；全面、整体性的理论著作往往是例外。从严格意义上讲，中文中确实没有与在内含与结构上系统表述的'理论'（theory）一词相对应的术语。于是，有必要提请注意的是，在言及中国古代诗歌理论时，人们所讨论的不外乎是某种不言而喻的样式，或以极有特点的词汇和论述策略重新建构起来的系统，而非概要分析样式的系统（synoptic models）。"[1]这些议论足以代表当今对古代文论作为知识形态之特征的认识。

（三）缺少真正科学意义上的理论范畴，没有严格意义上的理论命题

这一判断似乎出现得较晚，也许其部分指向已包含在上面第二个偏见中，所以我只见到《中国文学理论》的作者刘若愚曾说过："中国传统之诗评每散见于诗话、序文以及笔记、尺牍之中，咳珠唾玉之言有余而开宗明义之作不足。纵有专著，亦多侧重诗人之品评次第，或诗句之摘瑜指瑕，或诗法之枝

---

[1] 王晓路主编：《北美汉学界的中国文学思想研究》，巴蜀书社2008年版，第1—2页。

节推敲，而少阐发明确之概念与系统之理论。"[1] 季广茂也认为，中国诗学"缺少真正科学意义上的理论范畴，没有严格意义上的理论命题，更不能严格地论证自己的结论，它更喜欢以比喻性的策略展示独特的内在感悟。这是一种典型的东方式诗学，不是西方意义上的理论，它展示出来的是东方式智慧而不是西方式的智力"[2]。这种看法应该是有普遍性的。曾对传统文论范畴意蕴的赋予、限定、派生和衍变的方式做过精彩论述的吴予敏也认为"传统文论并无意于运用概念范畴建构一个自足的批评—理论话语系统"[3]。如果要为这种判断寻找理据的话，汪涌豪《范畴论》指出的古代文论范畴涵义模糊性的两个表现——"一是用词多歧义，没有明确界说；二是立辞多独断，缺乏详细的论证"[4]，也可引为佐证。这都是关于中国古代文论话语特征的一种普遍认识。

上述三种判断当然不能说是完全错误的或者违背事实的，

---

1 刘若愚：《清代诗说论要》，载香港大学五十周年纪念论文集编印委员会编《香港大学五十周年纪念论文集》（第1辑），香港大学中文系1964年版，第321页。
2 季广茂：《比喻：理论语体的诗化倾向》，载钱中文、李衍柱主编《文学理论：面向新世纪》，山东人民出版社1997年版，第572页。
3 吴予敏：《论传统文论的语义诠释》，《文学评论》1998年第3期；李旭：《关于中国古代美学范畴和范畴体系建构问题》，《江西社会科学》2003年第5期。
4 汪涌豪：《范畴论》，复旦大学出版社1999年版，第81页。

谁都知道，任何老生常谈都必定包含着某些一般意义上的正确知识。如果它们指涉的对象都只限于唐宋以前的文学理论和批评——论者作为例证举出的文献，清楚表明其立论的基础是唐宋以前的资料——那也可以说大体不错。但如果要将元明清文论和批评都包括进来，就未免唐突了。我所以称上述论断为偏见而不是谬见，就是说它们是部分正确同时含有很大偏颇的判断，在说明一部分事实的同时遮蔽了另一部分事实——也未必是刻意遮蔽，只不过是不了解而已。只要我们认真调查和阅读一下元代以来尤其是清代的文学批评文献，就会获得不同的印象，得出不同的结论。

二、清代诗学提供的另一种历史认知

自近代以来，批评史乃至文学史研究被一种先入为主的价值观主导，始终是前重后轻、前实后虚，对明清以来的大量文献关注不够。本来，传统总是距离最近的那部分对我们影响最大：对沈德潜影响最大的是王渔洋、叶燮，而不是钟嵘、皎然，对王国维影响最大的是纪晓岚、梁启超，而不是刘勰、严羽。但我们谈论传统时却总是有意无意地忽略了这一点，总是将《文心雕龙》《诗品》《诗式》《二十四诗品》《沧浪诗话》作为古典文论的代表，顶多再加上《姜斋诗话》《带经堂诗话》《原诗》《艺概》。这个传统序列，说它不能反映古代文学理论和批评的面貌，当然是不妥的；但若认为它能全面反映古代文学理论和批评的面貌，就更有问题，起码说存在很大的缺陷和偏颇。清代文学家程晋芳《正学论》论及治宋学者未尝弃汉唐，而治汉学者独弃宋元以降的问题，曾有言：

> 唐以前书，今存者不多，升高而呼，建瓴而泻水，曰："我所学者，古也。"致功既易，又足以动人。若更浸淫于宋以来七百年之书，浩乎若涉海之靡涯，难以究竟矣。是以群居坐论，必《尔雅》《说文》《玉篇》《广韵》诸书之相砺角也，必康成之遗言，服虔、贾逵末绪之相讨论也。古则古矣，不知学问之道，果遂止于是乎？[1]

这是讥讽治汉学者仅抱着秦汉以上有限的文献，螺蛳壳里

---

[1]（清）程晋芳：《正学论》（四），载（清）程晋芳著，魏世民校点《勉行堂诗文集》，黄山书社2012年版，第694页。

做道场，不知后代学问的发展。既然清代经学家已意识到，不了解晚近的著述，只在有限的秦汉文献里打转，就不可能有经学的进境。如今研究古代文学理论和批评，不了解明清以来的丰富文献，又怎么能全面、正确地理解中国文学理论、批评的传统呢？

元、明、清三代的文学理论和批评文献一直处于半沉睡状态中，相比古代文学其他领域，文献整理工作明显滞后。毕生致力于搜集古代文论资料的郭绍虞曾说清诗话有300多种，吴宏一《清代诗学初探》（台湾牧童出版社1977年版）后附"清诗话知见书目"也著录300多种，让学界误以为清诗话就是有限的这么些书。可根据我《清诗话考》（中华书局2007年版）的著录，见存书籍已达1052种，待访书553种，计1605种。再据杜泽逊主编《清人著述总目》（未刊稿），可增见存书36种，待访书140种，总数达到1781种。这个数目是明代以前诗学文献总和的几倍！再加上众多的文话、赋话、词话、曲（剧）话、小说评论，清代文学理论和批评著作将达两千种以上。我不清楚整个欧洲在这近270年间是否出版过如此众多的文学理论、批评著作？欧洲学者若忽视同一时期的书籍，就不可能产生韦勒克《近代文学批评史》这样的巨著。然则我们在忽略清代文献的情况下写作的文学理论史和批评史，究竟能在多大程度上反映中国文学理论和批评的传统，实在很让人存疑。

有清近270年帝祚，不仅是中国古代封建社会的末期，也是传统文化的总结期。在浓厚的学术风气下，文学理论和批评也步入一个崭新的时代。我多年研究清代诗学所得到的一个基本认识，就是只有到清代，中国文学理论和批评才真正成为一门学问。我曾将清代诗学的学术特征和历史意义概括为这样一段表述：

> 中国古代诗学的理论框架到明代已告完成，清代诗学的贡献主要是在内容的专门化、细节的充实和深描，其成就不是基于一种创造性的冲动，而是基于一种征实的学术精神。清代诗论家不再满足于将自己对诗的理解、期望和判断表达为一种主张，而是努力使之成为可以说明的，可以从诗歌史获得验证的定理。大到一种观念的提出，小到一个修辞的揭示，他们不仅付以多方的论述，而且要在历史的回溯中求得证实，从前人的诗歌文本中获得印验。清代诗学著述因此而显出浓厚的学术色彩，由传统的印象性

表达向实证性研究过渡。[1]

梁启超曾将有清一代学术的基本精神概括为"以复古为解放",而"其所以能著著奏解放之效者,则科学的研究精神实启之",[2]这也就是章太炎所说的"一言一事,必求其征"[3]。在清代严谨的实证学风熏陶下,清代的文学研究表现出学术性、专门性、细致性的特点,清代诗学丰富的历史经验与实践成果足以纠正今人的三个偏见,让我们重新体认中国文学理论和批评的固有传统。

三、清代诗学实践与传统的再思

传统不是一个僵死的东西,它永远存续于生生不息的诠释和建构中。由三个偏见支撑的一般认识主导着当今对古代文论、批评传统的诠释和建构,而清代诗学经验和实践的加入,

---

1 蒋寅:《清代诗学史》(第1卷)"绪论",中国社会科学出版社2012年版,第19—20页。
2 梁启超:《清代学术概论》,东方出版社1996年版,第7页。
3 章太炎:《检论》卷四《清儒》,载《章太炎全集》(三),上海人民出版社1984年版,第479页。

必将在很大程度上改变我们现有的对传统的认知。

首先我们要注意，清代诗论家绝不像喜欢炫博的明人那样大而化之地泛论诗史，他们更多地致力于对专门问题进行持续而深入的探究，在诗人传记考证、语词名物训释、声调格律研究、修辞技巧分析各方面，都有远过于前人的杰出成果。前人研究诗学，目的主要在于滋养自己的创作；而清人研究诗学，却常出于纯粹的学术兴趣。一些很专门的问题，会引起学人的共同关注，各自以评点、笔记乃至诗话专著的形式发表见解。比如反思明代复古思潮所激发的唐宋诗之争，"泛江西诗派"观主导下不断涌现的江西地域诗话[1]，古音学复兴所催生的古近体诗歌声调研究，性灵论思潮引发的学人之诗与诗人之诗的辨析，等等，都是清代诗学史上的重要现象。古诗声调之学，自康熙间王士禛、赵执信肇端，在乾嘉浓厚的考据风气中得到更细致的推进。到道光年间，郑先朴《声调谱阐说》终于以彻底的量化分析避免了举例的随意性和结论的不周延性[2]，至今看来

---

1 张寅彭：《略论明清乡邦诗学中的"泛江西诗派"观》，《文学遗产》1996年第4期。
2 有关清代古诗声调学说的研究，参见蒋寅《古诗声调论的历史发展》，载陈平原等主编《学人》（第11辑），江苏文艺出版社1997年版。

仍是很有科学精神的研究。像这样以精确的数学模型来统计、分析一个文学现象，验证一条写作规则的研究，在清代以前是难以想象的。类似例子还可以举出李因笃对杜甫律诗字尾的研究。《杜诗集评》卷一一引朱彝尊评云：

> 富平李天生论少陵自诩"晚节渐于诗律细"，曷言乎细？凡五七言近体，唐贤落韵其一组者不连用，夫人而然。至于一三五七句用仄字，上去入三声少陵必隔别用之，莫有叠出者。予尚未深信，退与李武曾诵少陵七律，中惟八首与天生所言不符：其一《郑驸马宅宴洞中》诗叠用三入声，其一《江村》诗叠用二入声，其一《秋兴》诗第七首叠用二入声，其一《江上值水》诗叠用三去声，其一《题郑县亭子》诗叠用三去声，其一《至日遣兴》诗叠用二去声，其一《卜居》诗叠用三去声，其一《秋尽》诗叠用三入声。观宋、元旧雕本，暨《文苑英华》证之，则"过江麓"作"出江底"，江不当言"麓"，作"底"良是；"多病"句作"但有故人分禄米"，"夜月"作"月夜"，"漫兴"作"漫与"，"大路"作"大道"，"语笑"作"笑语"，"上下"作"下上"，"西日落"作"西日下"。

合之天生所云，无一犯者。[1]

尽管他们的统计或因标准的歧异，与当代学者的研究结果不太一致[2]，但讨论问题的方式是实证性的，用归纳法将问题涉及的全部材料——作了验证。仇兆鳌《杜诗详注》卷一《郑驸马宅宴洞中》也曾引述李因笃的说法，举出具体版本覆验其结论，所举篇目虽较朱彝尊为少，但讨论更为扎实。汪师韩《诗学纂闻》针对有人提出五古可通韵，七古不可通，杜甫七古通韵者仅数处的结论，检核杜诗，知杜甫通韵共有十一例，又考唐宋诸大家集，最后得出结论："长篇一韵到底者，多不通韵；而转韵之诗，乃有通韵者。盖转韵用字少，故反不拘；不转韵者用字多，故因难见巧。"[3] 这种实证精神后来一直贯穿在清代诗学研究中，即使一个细小的论断也要将有关作品全数加以覆按、统计。这种追求精密的实证态度成就了清代诗学的学术

---

[1] 此说又见于朱彝尊《曝书亭集》卷三三《寄查德尹编修书》，有关探讨参见蒋寅《清初李因笃诗学新论》，《南京师大学报（社会科学版）》2003年第1期。
[2] 据简明勇《杜甫七律研究与笺注》（台湾五洲出版社1973年版）统计，杜甫151首七律中，上、去、入三声通用的例子只有56首，占总数的三分之一。
[3] （清）汪师韩：《诗学纂闻·通韵》，载（清）王夫之等撰，丁福保辑《清诗话》（全二册），上海古籍出版社1978年版，第449—450页。

性，也构成了中国诗学批评非印象式的实证的一面。

其次我想指出，如果只看诗话和诗选中言辞简约的评点，的确容易对中国古代文学批评产生零星散漫、语焉不详的印象。但这只是问题的一方面，清代还有一些很典型的细读文本。比如金圣叹选批唐诗、杜诗，徐增《而庵说唐诗》，一首诗动辄说上几百字甚至上千字；吴淇《六朝选诗定论》说《易水歌》，多达1200字；佚名《杜诗言志》、酸尼瓜尔嘉·额尔登谔《一草堂说诗》，也是类似的解说详尽的杜诗评本。为举子示范的大量试帖诗选本，解析作品更细于普通的诗选。我在湖南省图书馆看到一种麓峰居士辑评《试帖仙样集裁诗十法》，乃是这类书中的极致之作。每首诗都从描题、格、意、笔、句、字、韵、典、对、神气十个方面来讲析，故曰裁诗十法。[1]不难想象，一首诗经这十法分析就像经十把刀剖析一样，其意义和表现形式将被解剖得多仔细！

这种详细的解说、评析正是古典诗歌批评的原生态，其方法论核心就是许印芳所说的："诗文高妙之境，迥出绳墨蹊径

---

1 （清）星沙麓峰居士辑评：《试帖仙样集裁诗十法》卷首，清咸丰六年（1856）刊本。

之外。然舍绳墨以求高妙，未有不堕入恶道者。"[1]因此古人研讨诗艺和诗论惯于从作品的细致揣摩入手，日常披览和师生讲学莫不深细。可是最后形成文字，为什么又这么零星和简约呢？台湾诗学前辈张梦机的解释是："在过去，这种被我们认为印象式的批评，能大行其道，可见得当时创作者、批评者、读者之间，借这类文字相互沟通时，并没有遇到我们今天所遭遇的不可理解的障碍。那是因为在过去，创作、批评、阅读是三位一体的，因此古人能在不落言诠的情况下，会然于心。"[2]这么说当然是有道理的，我还想再补充一个理由，那就是出版的艰难。古代雕版印刷非常昂贵，即使是王士禛这样的达官也难以承受。除非像周亮工、张潮、金圣叹这样的家有刻工或兼营出版，否则市场价值不高的诗文评是很难上梓的，甚至誊抄也价格不菲。考虑到这一点，一般诗文评点只保留最精彩的部分，就很容易理解了。

但以上两个解释都绝不意味着简约一定与随意漫与的印象式批评相联系。清代诗学除了作品细读与新批评派的封闭式阅

---

[1] 许印芳：《诗法萃编序》，载上海书店出版社编《丛书集成续编》（第158册），上海书店出版社1994年版，第243页。
[2] 张梦机：《鸥波诗话》，台湾汉光文化事业公司1984年版，第80页。

读可有一比外，作家批评也呈现出细致和实证的趋向。一些兼为学者的诗人，写作诗话之审慎、细密就更不用说了。赵翼《瓯北诗话》卷四专论白居易，第七则评"香山于古诗律诗中又多创体，自成一格"，所举计有：1. 如《洛阳有愚叟》五古、《哭崔晦叔》五古"连用叠调"作排比之体。2.《洛下春游》五排连用五"春"字作排比之体。3. 和诗与原唱同意者，则曰和；与原唱异意者，则曰答。如和元稹诗十七章内，有《和思归乐》《答桐花》之类。4. 五言排律"排偶中忽杂单行"，如《偶作寄皇甫朗之》中忽有数句云："历想为官日，无如刺史时。"下又云："分司胜刺史，致仕胜分司。何况园林下，欣然得朗之。"5. 五七言律"第七句单顶第六句说下"，如五律《酒库》第七句"此翁何处富"忽单顶第六句"天将富此翁"说下，七律《雪夜小饮赠梦得》第七句"呼作散仙应有以"单顶第六句"多被人呼作散仙"说下。6. 五排《别淮南牛相公》自首至尾，每联一句说牛相、一句自述，自注："每对双关，分叙两意"。7. 以六句成七律，李白集中已有，而白居易尤多变体。如《樱桃花下招客》前四句作两联，后两句不对；《苏州柳》前两句作对，后四句不对；《板桥路》通首不对，也编在六句律诗中。8. 七律第五、六句分承第三、四句，如《赠皇甫朗之》:"一岁中分春日少,百年通计老时多。多中更被愁牵引,少里兼遭病折磨。"赵翼不仅抉发出这些创格,还肯定它们都属于"诗境愈老,信笔所之,不古不律,自成片段",虽不免有恃老自恣之意,要之可备一体。[1]这样的批评还能说是印象式的吗?放在今天或许要被以新理论自雄者鄙为学究气吧?

与这种学术色彩相应的是,清代诗学在理论与批评两方面都清楚地显示出学理化的自觉,实践的理论化和理论的实践性时刻盘旋在论者的意识中。今人每每遗憾中国古代缺乏"成系统的理论著作",所谓成系统的理论著作,如果是指《文心雕龙》那样条理井然的专著,那么南宋魏庆之《诗人玉屑》已可见系统的诗歌概论之雏形。元代以后类似的汇编诗法层出不穷,如近年因《二十四诗品》辨伪而为人关注的怀悦刊《诗家一指》以及朱权《西江诗法》、周叙《诗学梯航》、黄溥《诗学权舆》、宋孟清《诗学体要类编》、梁桥《冰川诗式》、王概《诗法指南》、谭浚《说诗》、杜浚《杜氏诗谱》、题钟惺纂《词

---

[1] (清)赵翼:《瓯北诗话》卷四,载《赵翼全集》(第5册),凤凰出版社2009年版,第33页。

府灵蛇》，等等，其中有的在清代仍占据蒙学市场很大份额。乾隆间朱琰曾提到，署明代王世贞编的《圆机活法》是坊间翻印不绝的畅销书。[1] 清代所编的这类诗话起码有四十多种，较重要的有费经虞辑《雅伦》、伍涵芬辑《说诗乐趣》、佚名辑《诗林丛说》、张燮承辑《小沧浪诗话》等，而以游艺辑《诗法入门》、蒋澜辑《艺苑名言》、徐文弼辑《汇纂诗法度针》三种最为流行，书版被多家书肆辗转刷印，我在《清诗话考》中分别著录有十五、十四和十八个版本行世。

这类书籍都是编者从自己对诗学知识框架的理解出发，汇编前代诗论而成。以游艺《诗法入门》五卷为例，卷首"统论"辑前人泛论诗法之语，卷一"诗法"包括诗体、家数及诗学基本范畴，卷二"诗式"选古今名人诗作示范各种诗歌体式，卷三为李、杜两家诗选，卷四为古今名诗选，四卷外别有诗韵一册。这种"诗法+诗选+诗韵"的结构，是清代蒙学诗法、诗话的典型形态。王楷苏《骚坛八略》、钟秀《观我生斋诗话》则是清人新撰之书的代表。此类诗话向来不为诗家所重，但在我看来却有特殊的价值，从中可以窥见编者总结、提

---

[1] 参见（清）朱琰辑《诗触自序》，清嘉庆三年（1798）刊本。

炼历代诗学菁华的自觉意识。如游艺《诗法入门》卷一总论部分，采入元人《诗法家数》"作诗准绳"及《诗家一指》"诗家十科"所归纳的诗学基本概念，使古典诗学的概念系统骤然变得清晰起来。晚清侯云松跋张燮承《小沧浪诗话》说"虽曰先民是程，实则古自我作"[1]，一语道破这类汇编诗话对于建构古典诗学传统的重要意义。这类书籍在当时都非常普及，像今天的教材一样占据初级阅读市场的很大份额，主导着普通士人的诗学教养。没有人会说今天的各类教材是不成系统的知识，那么对古代这种教材式的蒙学诗话又该怎么评价其系统性呢？如果我们能正视其存在的话。

由于诗家不重，藏书家不收，这些曾非常普及的蒙学诗话大多亡佚，少数若存若亡，自生自灭，于是中国诗学中数量庞大的"成系统的理论著作"就落在了当代研究者的视野之外。而众目睽睽的精英诗话，又总是以不袭故常、自出创见为指归，意必心得，言必己出，于是一条一条就显得孤立而零星，常给人不成系统的印象。尽管如此，清诗话中仍不乏思维

---

[1] 侯云松：《小沧浪诗话跋》，载（宋）朱弁等撰，贾文昭主编《皖人诗话八种》，黄山书社1995年版，第371页。

缜密、明显有着条理化倾向的作品，赵翼《瓯北诗话》就不用说了，贺裳《载酒园诗话》也是很有系统性的一种。此书卷一论皎然《诗式》"三偷"，共十则，以古代作品为例，说明：1. 古诗中的"偷法"有"或反语以见奇，或循蹊而别悟"的效果；2. "偷法"一事，名家所不免；3. "偷法"每有出蓝生冰之胜；4. "偷法"意不相同者，不妨并美；5. 蹈袭得失有不同，系于作者见识；6. 聂夷中诗多窃前人之美；7. "偷法"妙在以相似之句，用于相反之处；8. 诗有同出一意而工拙自分者；9. 历代对"偷法"的态度不同；10. 诗家虽厌蹈袭，但翻案有时更为拙劣。将这十条稍加整理，就是一篇内容相当全面的《摹仿论》。论柳宗元的部分，也同样是涉及多方面内容的作家论。类似这样的作品，虽还保留着诗话固有的散漫形态，但内容已具有清晰的条理。这很大程度上得力于清代严谨学术风气的熏陶。

如果我们的眼光不是局限于体兼说部的诗话，而是扩大到更多的文献部类，那么清代诗学就有许多有系统、有条理的作品进入我们的视野，包括序跋、书札甚至专题论文。清代别集卷首所载的序跋和文集中保存的诗序，最保守地估计也有一二十万篇。文集和尺牍集保存的论诗书简，是比诗序更真实地反映作者诗歌观念的文献。金圣叹的诗学理论主要见于尺牍，黄生的《诗麈》卷二是与人论诗书简的辑存，侯朝宗《与陈定生论诗书》是较早全面论述云间派诗学及其历史地位的诗史论文[1]，焦袁熹《答钓滩书》则是迄今所见最全面地论述"清"这一重要诗美概念的长篇论文[2]，黄承吉《读关雎寄焦里堂》诗附录寄焦循书也是对"诗之大要，情与声二者"[3]的全面陈述。明清之交以及后来刊行的各种尺牍集中收录了大量的论诗书简，是尚未被有效利用的重要资料。书札之外，清人文集中还每见有各种诗学专题论文，最著名的当然是冯班《钝吟文稿》所收《古今乐府论》《论乐府与钱颐仲》《论歌行与叶祖德》，翁方纲《复初斋文集》所收《神韵论》《格调论》《唐人律诗论》《杜诗"精熟文选理"理字说》《韩诗"雅丽理训诰"理字说》《黄诗逆笔说》《李西涯论》《徐昌谷诗论》等文。王崧《乐山集》中的《诗说》三卷在当时也小有名气。至于像柴绍炳《柴省轩文集》中的《唐诗辨》《杜工部七言律说》，刘榛《虚直堂文集》

---

[1] （清）周亮工辑：《赖古堂名贤尺牍新钞》卷九，清宣统三年（1911）国学扶轮社石印本。
[2] 此文收在中国社会科学院文学研究所藏《此木轩文集》稿本中，内容可参见蒋寅《古典诗学中"清"的概念》，《中国社会科学》2000年第1期。
[3] （清）黄承吉：《梦陔堂诗集》卷二，燕京大学图书馆1939年版。

中的《西江诗派论》,干建邦《湖山堂集》中的《江西诗派论》,许新堂《日山文集》中的《乐府诗题考》,陈锦《勤余文牍》中的《论赵秋谷声调谱》,吴昆田《漱六山房全集》中的《拟文心雕龙神思篇》,郭传璞《金峨山馆乙集》中的《作诗当学杜子美赋》《建安七子优劣论》等论文,还有待于我们去披阅发掘。这类专题论文无疑是清代学术专门化的产物,也是清代诗学独有的文献资源,注意到这批文献的存在将改变我们对古代文学理论和批评著述形式的认识。

说到底,对中国古代缺乏成系统著作的遗憾,纯粹缘于对中国文学理论、批评文体形态及言说方式多样化的漠视。有关各类文学评论资料的价值,学界已有认识[1],但各类文献在诗学体系中承担的功能还很少为人注意。[2] 不同文体的诗学著作,谈论诗歌的方式和态度是不一样的,在诗学体系中的建构功能也各有所长。选本使作品经典化,评点负责作品细读,目录提要完成诗学史的建构。而序言则多借题发挥,或阐发传统诗学

---

1 参见杨松年《中国文学评论史编写问题论析——晚明至盛清诗论之考察》第二章《诗论作品范围之检讨》,台湾文史哲出版社1988年版;张伯伟《中国古代文学批评方法研究》(下编),中华书局2002年版。
2 参见〔美〕宇文所安《中国文论:英译与评论》"导言",王柏华、陶庆梅译,上海社会科学院出版社2003年版,第6—10页。

命题，或借古讽今，批评时尚和习气。王士禛便每借作序发挥司空图、严羽的学说。清初诗家对宋诗风的批评，乾嘉诗家对"穷而后工"的阐说，也很常见。书信通常是系统阐述自己的诗学观念并用以往复辩难的体裁。沈德潜、袁枚往复论诗书简针锋相对地表明其理论立场，是个著名的例子，也是研究其诗学观念的重要材料；李宪乔与袁枚、李秉礼往来论诗书简[1]，则是尚未被人注意的珍贵史料。李重华《贞一斋诗说》首列"论诗答问三则"也像是论诗书简的辑存，很详细地论述了音、象、意三个要素，神运、气运、巧运、词运、事运五种能事以及学诗的步骤。[2]这种有针对性的答问，往往包含从定义到分析、论证的完整过程，当然是很严谨的理论表述，如同一篇专题论文。一些诗论家喜欢用设问的方式提出问题，然后有针对性地阐述自己的诗学见解，于是成为很有系统的理论著作。叶

---

1 （清）李宪乔：《凝寒阁诗话》，《高密三李诗话》，山东省博物馆藏抄本；（清）李宪乔：《与李秉礼论诗札》，浙江浙商拍卖有限公司2011年春季艺术品拍卖会图录，http://auction.artxun.com/paimai-57109-285542246.shtml。
2 郑方坤记其尝从李重华问诗学，告之曰："夫诗有三要，发窍于音，征色于象，运神于意，三者缺一焉不可。"又谓："诗之在人也，其始油然而生，其终诎然有节，要惟六义为其指归。故凡艳冶流荡与夫怪僻险仄之调，宜无复慕效焉。"（郑方坤：《本朝名家诗钞小传》卷四《贞一斋诗钞小传》，载马骏良辑《龙威秘书》本）知此言殆即答郑方坤之问。

燮《原诗》是个典型的例子,《四库全书总目》敏锐地指出它是"作论之体"[1],可见前人对文学理论的不同表述方式是有清晰意识的。不了解或忽视古人对文学理论、批评文体的掌握,而仅向资闲谈的诗话体裁要求严密的逻辑体系或学术化表达,无异于缘木求鱼。相反,多加注意那些数量丰富的论诗书简以及《载酒园诗话》《瓯北诗话》之类的作品,注意不同诗学文本在言说方式和批评功能上的差异,或许会改变我们对中国古典诗学缺乏成系统著作的偏见。同时再考究一下,我们印象中的那些成系统的西方文论著作又是产生于什么年代,在17世纪之前,西方又有多少那样的理论著作?或许我们对许多老生常谈的判断都要重新斟酌,是否还可以那么言之凿凿?多年来中西文学、文论比较,其实十分缺乏年代概念,当学者们提到中国时,往往是在说13世纪以前的中国,而说到西方时,却又是在说文艺复兴以后的西方。文艺复兴以后的西方,年代相当明代中叶,文艺复兴"三杰"和"前七子"同时,伏尔泰、狄德罗和袁枚同时,柯尔律治发表那本结构散漫的《文学传记》时,张维屏已在两年前完成了《国朝诗人徵略》初编十

---

[1] (清)纪昀等:《四库全书总目》,中华书局1965年版,第1806页。

卷。沈德潜去世的次年，黑格尔刚出生。康德发表《判断力批判》时，翁方纲正在将他最崇敬的前辈诗人王渔洋的诗学著作编刻为《小石帆亭著录》，后者在一百年前已阐发了那种后来被命名为印象主义的艺术理论[1]……或许我们可以说，中国人不是不会那样思维或那样言说、那样写作，只有那些希望成为或正在担任教授的人才会去那样写书，而中国最杰出的文人恰恰都不在学校里，而在担任各种行政职务。所以，关于文学理论的著述形式差异问题，与其求之思维方式，而不如求之教育制度、文人生存方式。

最后我想说，认为中国文论缺少科学和严格意义上的理论范畴和理论命题，也是一个经不起质疑和检验的偏见。多年来一直致力于古代文论体系建构的学者吴建民在《古代文论"命题"之理论建构功能》一文中已指出，命题是古代文论家表述思想观点的重要方式，是古代文论体系建构的基本因素。[2] 我不仅赞同他的观点，更想强调一下，丰富的概念和命题乃是中

---

[1] 关于王渔洋"神韵"诗学的印象主义倾向，可参见蒋寅《王渔洋"神韵"的审美内涵及艺术精神》(《中国社会科学》2012年第3期)的论述。
[2] 参见黄霖、周兴陆主编《视角与方法：复旦大学第三届中国文论国际学术研讨会论文集》，凤凰出版社2013年版，第135—139页。

国古代文学理论和批评最显著的特点之一。读者只要检核一下《文心雕龙辞典》(中华书局2009年版)或拙纂《原诗笺注》(上海古籍出版社2014年版)后附"索引",相信就会同意上述判断。

古典诗学概念的系统化,至迟到元代杨载《诗法家数》"作诗准绳"——立意、炼句、琢对、写意、写景、书事用事、下字、押韵及佚名《诗家一指》"诗家十科"——意、趣、神、情、气、理、力、境、物、事,已奠其基,只不过不太引人注目,直到清初游艺《诗法入门》辑录其说,才成为普及性知识。在明代诗学论著中,诗论家开始对前人提出的诗学概念加以美学的反思,并尝试联系特定的创作实践来诠释其审美内涵。通过神韵、清、老等诗美概念的研究,我发现它们的美学意涵都是到明代胡直、杨慎、胡应麟手中才得到反思和阐发的。所以,要说诗文评概念的模糊性,在元代以前的文献中或许较为常见,明代以来这种情形大为改观,清诗话中对概念的玩味和阐释已变得经常化和普遍化了。在撰写《清代诗学史》第一卷时,我曾注意到,陈祚明《采菽堂古诗选》使用的基本审美概念约有135个,组成双音节复合概念近600个。如此繁富的批评术语固然能显示陈祚明过人的审美感受力,但这还只是表面现象。更能说明问题实质的是,他用这些术语评诗时,常伴有对术语本身的精当品鉴和辨析。比如评谢朓《治宅》"结颇雅逸",顺便提道:"雅与逸颇难兼,雅在用词,逸在命旨。"评王僧孺《为人述梦》含有对"尖"的品玩:"写虚幻能尽情若此,中间如以字、方字、极字、恣字,俱是梦境,故有趣。然太尖太近,直接晚唐。诗诚尖,能尖至极处,中无勉强处,无平率处,便自成一种,亦可玩,郊、岛不能也。古人用意,何尝不尖,但不近耳。"评陈后主云:"人才思各有所寄,就其一时之体,充极分量,亦擅一长,况清丽如六朝者乎?六朝体以清、丽兼擅,故佳。丽而不清,则板;清而不丽,则俚。人以六朝为丽,吾尤赏其清也。"[1]如此细致的辨析不能不说是长年读诗、评诗的经验所凝聚的带有规律性的认识,具体的审美感悟已得到理论提升,形成概念群的意识,并对概念的内涵、外延有清晰的把握。

在这样的理论语境中,甚至以定义的方式来诠释诗文评概念,在清诗话中也不乏其例。汪师韩《诗学纂闻》论述"绮

---

[1] (清)陈祚明:《采菽堂古诗选》,上海古籍出版社2008年版,第657、796、940页。

丽""诗集""杂拟杂诗之别""通韵"等问题，繁征博引，细致辨析，一如今日的专题论文。王寿昌《小清华园诗谈》卷上"条辨"则阐释了有关诗格和诗美的基本概念、命题四十四个，一一举诗例印证，使读者易于体会。如释志向曰：

> 在心为志，发言为诗。志淫好辟，古有明征矣。且如魏武志在篡汉，故多雄杰之辞。陈思志在功名，故多激烈之作。步兵志在虑患，每有忧生之叹。伯伦志在沉饮，特著《酒德》之篇。刘太尉（琨——引者注，下同）志在勤王，常吐丧乱之言。陶彭泽志在归来，实多田园之兴。谢康乐志在山水，率多游览之吟。他如颜延年志在忿激，则咏《五君》。张子同（志和）志在烟波，则歌《渔父》。宋延清志在邪媚，因赋《明河》之篇。刘梦得志在尤人，乃作看花之句。凡此之伦，不一而足。惟杜工部志在君亲，故集中多忠孝之语。《曲礼》曰"志之所至，诗亦至焉"，不信然乎？故学者欲诗体之正，必自正其志向始。[1]

---

[1]（清）王寿昌：《小清华园诗谈》，上海古籍出版社2016年版，第1762页。

如此行文虽不同于严格的定义样式，但通过引证、举例，大体也阐明了概念和命题的内涵。遇到性情、真、自然、含蓄、逸这些内涵丰富的概念，还会从多个角度举例说明，使其内涵得到全面的展示。这方面的个别例子更多，足以让人惊异老生常谈中竟留有偌大的阐释空间，同时为清人的理论开拓能力所折服。在明清两代的序跋中，刻意阐发旧有命题的文字最多，凡"诗以道性情""兴观群怨""温柔敦厚""穷而后工""真诗""诗有别才"乃至咏物的"不粘不脱、不即不离"，等等，无不被反复诠释和借题发挥过。即以"诗史"为例，钱谦益《胡致果诗序》从国变史亡、诗可征史的角度对"以诗存史"[1]提出一种极致的理解；黄宗羲《万履安先生诗序》又从诗乃精神史所寄托的角度，指出藉诗可以考见史籍不载的"天地之所以不毁，名教之所以仅存"[2]的精神变迁；方中履《誉子读史诗序》则从正史作为权力话语的角度，揭示"君臣务为讳忌，予夺出于爱憎"[3]的倾向性，说明以诗论史得以存公论在民间的意义。如此深刻而多向度的阐发，岂能说没有严格意义上

---

1 （清）钱谦益：《牧斋有学集》，上海古籍出版社1996年版，第800—801页。
2 （清）黄宗羲著，陈乃乾编：《黄梨洲文集》，中华书局1959年版，第346页。
3 （清）方中履：《汗青阁文集》（卷上），清康熙间刻本。

的理论命题？许多理论命题甚至显示出超前的历史眼光和理论深度。

总之，当今学界流行的三个偏见，都是在说明唐宋以前古代文论部分事实的同时置元、明、清三代更为丰富、深刻的文学理论和批评成果于不顾的片面结论，对于古代文学理论、批评传统的认识很不完全，未能注意到明清以来文学理论、批评的长足发展所带来的言说方式、著述形态和话语特征的变化，以及由此形成的强有力的学术潮流及发展趋势。这一缺陷在妨碍正确认识传统的同时，也影响到当代中国文学理论和批评的自我认同乃至自身建构的信心。当我们对传统抱有上述成见，就会切断现代中国文学理论、批评与传统的血缘关系，将所有具备现代性的特征都视为西学的翻版，视为无根的学问而丧失理论自信。这又不可避免地涉及无处不在的现代性问题，跌入中国内部有无自发的现代性的理论窠臼中。这不就是理论的宿命吗？问题的答案只能在对晚近文学理论、批评史的深入研究中找寻。

四、如何确立中国文论的理论根基和言说立场

相信上面对清代诗学的有限回顾已足以让我们对中国文

学理论、批评的传统产生新的认识，甚至于改变上述三种偏见。美国历史学家保罗·柯文（Paul A. Cohen）曾提出"在中国发现历史"，中国文学理论、批评史也同样存在一个重新发现的问题。所谓"发现"，不是为了获取一个中国中心论的立场，而是要建立起中外文论对话的平台。清代文献的长久被忽视，已使中国文学理论、批评的传统变得模糊不清，现有的认识含有很多片面的判断。我近年致力于清代诗学史研究，很大程度上正是针对这一学术现状，希望通过清代诗学史的全面挖掘和建构初步勾勒出中国文学理论、批评走向现代的历程。作为研究古代文论和批评史的学者，虽未必像许多文学理论家那样为创新的焦虑所压迫，但对古代文论和批评史研究是否能为当今的理论创新提供有益的资源还是反复思考的。经过多年的考察，我相信中国古代文论有其独到的特点，足以和当代西方文学理论构成印证、互补的关系，因此有必要确立自己的理论根基和言说立场，同时树立起必要的理论自信。

这说起来容易，做起来却相当困难。先师晚年日记中谈到"古典文学批评的特征"，认为"体系自有，而不用体系的架构来体现，系统性的意见潜在于个别论述之中，有待读者之发现与理解"。[1]相信这也是许多前辈学者的共识，它与上述三个偏见的立论角度和立场都是完全不同的。不是说没有什么什么，而是说有什么什么，但需要去发现和理解，因为发现和理解正是建构的过程。当今流行的三个偏见和上文的辩驳都是很表面的判断，发现和理解是更为深入的认识，更为深刻的判断。而就目前海内外学界而言，对古代文学理论、批评的研究是整个古代文学领域最为薄弱的环节。著有《中国文学批评》的美国芝加哥大学费维廉（Craig Fisk）曾指出："在所有中国文学的主要文类中，文学批评显然是最不为世人所知的。"[2]罗格斯大学涂经诒也说，研究中国文学批评与诗歌、小说和戏剧相比有着明显的劣势，那就是文献分散的困难："除了一些系统的文学批评著作，像《文心雕龙》《诗品》和《原诗》之外，大多数中国批评思想都散落在不同作家的被称作诗话、词话、书话和个人书信及偶然的评论中。"[3]我本人也觉得古代文学理论和批评对研究者来说是难度最大的领域，不仅要掌握

---

[1] 徐有富：《程千帆沈祖棻年谱长编》，南京大学出版社2013年版，第637页。
[2] 王晓路主编：《北美汉学界的中国文学思想研究》，巴蜀书社2008年版，第64页。
[3] 王晓路主编：《北美汉学界的中国文学思想研究》，巴蜀书社2008年版，第32—33页。

文、史、哲甚至医学等各种学问，还需要对外国文学理论和批评有所知解，这才能在较广阔的视野中确立诠释和评价的参照系。"在中国发现批评史"很大程度就立足于这一基础之上。

对于西方文论是否适用于中国文学研究，在大陆和港、台学界都有不同的意见。我的看法是肯定性的，了解西方文论首先可以认识到中西文学观念有许多共通之处。比如布鲁姆提出的"影响的焦虑"，就启发我由此理解中唐作家的创新意识及后人对此的评价。迄止于明代，论者对中唐诗的评价都着眼于格调取舍，清代批评家开始体度作家的写作意识。如吴乔《围炉诗话》指出：

> 初盛大雅之音，固为可贵，如康庄大道，无奈被沈、宋、李、杜诸公塞满，无下足处，大历人不得不凿山开道，开成人抑又甚焉。若抄旧而可为盛唐，韦、柳、温、李之伦，其才识岂无及弘、嘉者？而绝无一人，识法者惧也。[1]

---

1 （清）吴乔：《围炉诗话》卷三，载郭绍虞编选，富寿荪校点《清诗话续编》，上海古籍出版社1983年版，第533页。

毛奇龄《西河诗话》论元稹、白居易诗也指出:

> 盖其时于开、宝全盛之后,贞元诸君皆怯于旧法,思降为通侻之习,而乐天创之,微之、梦得并起而效之……不过舍谧就疏,舍方就圆,舍官样而就家常。[1]

所谓"识法者惧也""皆怯于旧法",不就是影响的焦虑吗?吴乔(1611—1695)、毛奇龄(1623—1716)这里揭示的中唐大历、元白一辈作者慑于前辈的成就而另辟蹊径的心态,比英国诗人爱德华·扬格(1683—1765)1759年发表的《致塞缪尔·理查森书》还要早几十年。扬格信中谈到,为什么独创性作品那么少,"是因为显赫的范例使人意迷、心偏、胆怯。他们迷住了我们的心神,因而不让我们好好观察自己;他们使我们的判断偏颇,只崇拜他们的才能,因而看不起自己的;他们用赫赫的大名吓唬我们,因而腼腼腆腆中我们就埋没了自

---

[1] (清)毛奇龄:《西河诗话》卷七,载张寅彭选辑《清诗话三编》,上海古籍出版社2013年版,第842页。

己的力量"[1]。唐代诗人的意识明显与此不同，赵翼《瓯北诗话》卷三也曾揭示韩愈有意求奇的动机及其结果：

> 韩昌黎生平所心摹力追者，惟李、杜二公。顾李、杜之前，未有李、杜，故二公才气横恣，各开生面，遂独有千古。至昌黎时，李、杜已在前，纵极力变化，终不能再辟一径。惟少陵奇险处，尚有可推扩，故一眼觑定，欲从此辟山开道，自成一家。此昌黎注意所在也。然奇险处亦自有得失。盖少陵才思所到，偶然得之，而昌黎则专以此求胜，故时见斧凿痕迹，有心与无心异也。其实昌黎自有本色，仍在文从字顺中，自然雄厚博大，不可捉摸，不专以奇险见长。恐昌黎亦不自知，后人平心读之自见。若徒以奇险求昌黎，转失之矣。[2]

赵翼不仅揭示了韩愈诗歌艺术的出发点、艺术特征及与杜

---

[1] [英]爱德华·扬格:《试论独创性作品——致〈查理士·格兰狄逊爵士〉作者书》，袁可嘉译，载菲利普·锡德尼、爱德华·扬格《为诗辩护·试论独创性作品》，人民文学出版社1998年版，第85页。
[2] （清）赵翼:《瓯北诗话》卷三，载《赵翼全集》（第5册），凤凰出版社2009年版，第22页。

甫的区别，最后还点明韩愈的本色所在、评价韩愈应有的着眼点。以"影响的焦虑"为参照，更见出赵翼批评眼光之透彻。归根到底，一种新的理论学说，不管它是东方的还是西方的，都能提供一个新的观察文学的角度、说明文学的方式。克里斯蒂娃发明的"互文性"理论，用一个意味着文本关联的概念，将用典、用语、因袭、模仿、拟代等众多文学现象统摄起来，可以方便地说明其共同特征。热奈特发明的"副文本"理论也一样，用这个概念可以方便地将作品的标题、小序、自注等作为同类问题打包处理。同理，刘勰《文心雕龙·论说》提出的"参体"概念，与书论的"破体"概念联系起来，也可包揽所有指涉文体互参的现象。[1] 在这个意义上，无论哪国哪种文学理论都可以为人类既有的文学经验提供一种诠释角度和评价方式。我们进行中西比较也好，阐明古代文论的特有价值也好，不是像一些学者成天挂在嘴上的要争夺什么文艺理论的话语权，而是要实现人类文学经验的沟通、理解和交流。这种交流只能以发现和理解为前提，更需要以发掘和诠释为首要工

---

[1] 参见蒋寅《中国古代文体互参中"以高行卑"的体位定势》，《中国社会科学》2008年第5期。

作，类似于将考古发现的金币兑换成当今硬通货价格的估量和兑换。

这种理论的对话和交流所产生的影响并不是单方向的，中国文论在接受外来知识、观念启发的同时，也会激活自己固有的理论蕴藏，触发其思想潜能的生长，反哺影响者。我在借鉴"互文性"理论考量中国古代诗论中的模仿和其他文本相关性问题时，发现古人基于独创性观念的规避意识同样也造成一种互文形态，或许可称为"隐性互文"，对古典诗学的这部分现象和理论加以总结，就可以对现有的互文性理论做一个重要的补充。[1] 由此可见，在中外文学理论的对话和交流中，彼此共通的部分固然有着印证人类共同美学价值的功能，而彼此差异的部分更能激起互补的需求而使知识增值。因此我们对古代文学理论的研究，就有必要更多地留意其理论思维和批评实践异于西方之处。据我的粗浅观察，中国古代文学理论和批评的独异之处主要有三点：一是象喻性的言说方式，二是丰富的审美味觉概念，三是多样化的批评文体。

中国文学批评的象喻式表达，自20世纪30年代就被钱

---

1 参见蒋寅《拟与避：古典诗歌文本的互文性问题》，《文史哲》2012年第1期。

锺书《中国固有的文学批评的一个特点》一文触及。后来学者们称之为印象批评、形象批评或意象批评[1]，若参照古人的说法则可名为"立象以尽意"，是古代文学批评中常见的方法。同样是论品第，英国诗人奥登《19世纪英国次要诗人选集》序言说"一位诗人要成为大诗人，则下列五个条件之中，必须具备三个半左右才行"：1. 他必须多产；2. 他的诗在题材和处理手法上，必须范围广阔；3. 他在洞察人生和提炼风格上，必须显示独一无二的创造性；4. 在诗体的技巧上，他必须是一个行家；5. 就一切诗人而言，我们分得出他们的早期作品和成熟之作，可是就大诗人而言，成熟的过程一直持续到老死。余光中《大诗人的条件》一文曾引述其说，将它们概括为多产、广度、深度、技巧、蜕变。[2] 清末诗论家朱庭珍《筱园诗话》也曾区分诗人的品级，但是用意象化的语言来形容其艺术境界。伟大诗人和二、三流诗人的差别，分别用五岳五湖、长江大河

---

[1] 参见黄维樑《诗话词话和印象式批评》，载《中西新旧的交汇：文学评论选集》，作家出版社2013年版，第3—20页；廖栋梁《六朝诗评中的形象批评》，载《文学评论》（第8集），台湾黎明文化事业公司1984年版，第21页；张伯伟《中国古代文学批评方法研究》，中华书局2002年版，第198页。

[2] 参见余光中《大诗人的条件》，载《余光中谈诗歌》，江西高校出版社2003年版，第44页。

和匡庐雁宕、一丘一壑之胜地来譬说。比如：

> 大家如海，波浪接天，汪洋万状，鱼龙百变，风雨分飞；又如昆仑之山，黄金布地，玉楼插空，洞天仙都，弹指即现。其中无美不备，无妙不臻，任拈一花一草，都非下界所有。盖才学识俱造至极，故能变化莫测，无所不有。孟子所谓"大而化，圣而神"之境诣也。[1]

概括起来说，相比大家的"变化莫测，无所不有"，大名家"已造大家之界，特稍逊其神化"，名家"自擅一家之美，特不能包罗万长"，小家则"亦能自立，成就家数"，但气象规模终不大。彼此之间的差别和区分不同品第的尺度都很清楚，其中同样也包含了广度、深度、技巧、蜕变四个要素（没有提到多产，这是不言而喻的），但属于画龙点睛，论说的主体还是譬喻的部分，以意象化的语言展现了不同品第所企及的境界，一目了然且给人深刻印象。在中国古代文论和批评中，象

---

1 （清）朱庭珍：《筱园诗话》卷二，载郭绍虞编选《清诗话续编》，上海古籍出版社1983年版，第2241页。

喻式表达遍及文学的所有层面,直观地把握作家、作品的整体风貌是其所长,可以弥补细读法的条分缕析所导致的只见树木不见森林的偏颇。

关于中国古代诗文评丰富的审美味觉概念,正像中国饮食异常丰富的口味,几乎不需要论证。中华大地广袤的疆域和众多的民族所培养的多样文化,造就了中国古代文学无比丰富、细腻的审美味觉,经过有效的分析和理论总结,足以充实人类审美经验的数据库。负载这些经验的表达方式,同样丰富多彩,且与儒家"游于艺"的精神相通,给文艺批评增添了若干娱乐功能。最早对诗文评的源流加以宏观描述的《四库全书总目·诗文评》小序写道:

> 文章莫盛于两汉,浑浑灏灏,文成法立,无格律之可拘。建安、黄初,体裁渐备,故论文之说出焉,《典论》其首也。其勒为一书传于今者,则断自刘勰、钟嵘。勰究文体之源流,而评其工拙;嵘第作者之甲乙,而溯厥师承,为例各殊。至皎然《诗式》,备陈法律;孟棨《本事诗》,旁采故实;刘攽《中山诗话》、欧阳修《六一诗话》,又

体兼说部。后所论著，不出此五例中矣。[1]

这里虽然辨析了古代诗文评的类型和历史，但远未触及其丰富的理论、批评形式，直到张伯伟《中国古代文学批评方法研究》一书才就选本、摘句、诗格、论诗诗、诗话和评点六种基本形式做了透彻的梳理。具体到批评文体，还可以举出若干更有特色的类型。龚鹏程曾举出南朝钟嵘所创《诗品》、唐张为所创《诗人主客图》、宋吕本中所创《江西诗社宗派图》、清舒位所创《乾嘉诗坛点将录》四种[2]，起码还可以补充：1. 纪事。古来传有自宋计有功《唐诗纪事》到近人邓之诚《清诗纪事初编》的历代诗歌纪事之作。2. 句图。也是一种摘句，但又不同于摘句批评。郑樵《通志·艺文略》著录《九僧选句图》一卷，系辑宋初九僧名句而成，后有高似孙《文选句图》、王渔洋摘施闰章句图等戏仿之作。3. 位业图。清代刘宝书撰有《诗家位业图》，也是非常独特的一种批评体裁，系仿陶弘景《真灵位业图》而编成的历代诗家品第图。虽名为仿陶

---

1 （清）纪昀等：《四库全书总目》，中华书局1965年版，第1779页。
2 龚鹏程：《中国文学批评史论》（第二卷）第五章"诗歌人物志——诗品、主客图、宗派图与点将录"，北京大学出版社2008年版。

弘景，实则取法于张为《主客图》，又易以佛家位业，列"佛地位"至"魔道"共九等，"以见古今诗家境地之高下，轨途之邪正"。[1]作者对各家等第理由时有说明，但启人疑窦处殊多。要之，这类图录正像《点将录》一样，无非都是游戏之作，对于诗学研究的价值恐怕还不及《诗品》和《主客图》。衡以当今接受美学的观点，也不妨视为一个时代人们心目中古今诗人的排行榜。近代以来范烟桥、汪辟疆、钱仲联、刘梦芙等运用《点将录》的形式批评晚清直到现代的诗词创作，仍旧不乏批评的效力和趣味，且追仿者不绝，足见诗文评文体自身就具有特定的艺术性，诗文批评本身也具有创作的性质。谁能说《文心雕龙》式的骈文和"体兼说部"的诗话，不是一种骈文、随笔写作呢？

当今中国大陆的文学理论界，无不对话语权的缺乏耿耿于怀，同时急切地寻求理论创新之路。"古代文论的现代转换"是许多学者的希望所寄，将古代文论与当代西方文论相融合，由此孕育出新的理论学说，也是一部分学者执着的信念。但我很怀疑，理论创新是否能从既有理论的组合或融合

---

[1] （清）刘宝书：《诗家位业图·例言》，清光绪十八年（1892）张善育刊本。

中实现。旧知识的融合仍然是旧知识,大概难以像化学反应那样形成新的知识。文学理论的创新只能萌生在文学经验的土壤中,只有创作经验的总结和抽象才可能形成理论的结晶。因此,我不认为古代文学理论和批评史研究能直接推动今天的理论创新,但相信完整地认识古代文学理论和批评的传统,可以为古代文学研究提供一个本土视角及相应的诠释方式。柯文《在中国发现历史》一书开篇就提到:"中国史家,不论是马克思主义者或非马克思主义者,在重建他们自己过去的历史时,在很大程度上一直依靠从西方借用来的词汇、概念和分析框架,从而使西方史学家无法在采用我们这些局外人的观点之外,另有可能采用局中人创造的有力观点。"[1]这种遗憾也是中国文学史研究应该避免的。同时,全面认识古代文学理论和批评的传统,理解古代文学理论与创作、批评实践的互动关系,可以促使我们正视近代以来的文学经验,在古今、中外视阈的融合中发掘具有独特意义和规律性的问题,从中提炼有概括力的理论命题。这样,文学

---

[1] [美]柯文:《在中国发现历史——中国中心观在美国的兴起》,林同奇译,中华书局1989年版,第1页。

理论的创新便不难期待了。这就是我理解的文学理论创新之路,愿提出来质正于同道。

(原刊《文艺研究》2017年第10期)

"正宗"的气象和蕴含
——沈德潜新格调诗学的理论品位

一、"格调论"抑或"格调派"?

自近代以来,在批评史和相关论著中,沈德潜(1673—1769)的名字从来都和"格调"联系在一起。在近年出版的王顺贵《清代格调论诗学研究》中,作者将沈德潜定位为"清代格调论的集大成"[1]者。这样，本来不打算专门讨论格调问题的笔者，在研究沈德潜诗学时也不能不对沈氏与格调的关系再做一番考究，借此将格调诗学的问题做个总结。

虽然沈德潜一直被目为格调派而无异辞，但这一命名其实颇令人质疑。首先就是格调在沈德潜诗学中的位置。研究者都清楚，沈德潜诗论中使用"格调"一词并不多。陈岸峰仅举出三例[2]，分别为《唐诗别裁集》卷六评李白《宣州谢朓楼饯别校书叔云》："此种格调，太白从心化出。"[3]《明诗别裁集》卷八评李攀龙《和许殿卿春日梁园即事》："三句一韵，末三句缠联而下，格调甚新。"[4]《国朝诗别裁集》卷二二评缪沅《房中诗》："语语用韵，两韵一转，格调得自嘉州。"[5]我还可以补充一个例子，即《金际和诗序》："尝闻作诗之道于先生长者矣，格调欲雄放，意思欲含蓄，神韵欲闲远，骨采欲坚苍，境界欲如

---

[1] 参见王顺贵《清代格调论诗学研究》第三章"清代格调论的集大成：沈德潜"，中国社会科学出版社2010年版，第90—217页。
[2] 陈岸峰：《沈德潜诗学研究》，齐鲁书社2011年版，第19页。
[3] （清）沈德潜辑：《唐诗别裁集》，上海古籍出版社2013年版，第200页。
[4] （清）沈德潜、周准辑：《明诗别裁集》，上海古籍出版社2013年版，第194页。
[5] （清）沈德潜辑：《清诗别裁集》，上海古籍出版社2013年版，第878页。

层峦叠嶂，波澜欲如巨海渊泉，而一归于和平中正。"[1]仅此而已。我甚至怀疑，沈德潜是不是在有意回避这个被明人弄得名声不太好的概念。吴中前辈诗人潘耒《钱宛朱诗序》中有一段议论："今人论诗专尚格调，格调可勉而能，才气不可袭而致。有才气不患格调不高，无才气而言格调，能成家者罕矣。"[2]沈德潜《余园诗钞序》也曾从胸襟的角度申说这个意思："世之专以诗名者，谈格律，整对仗，校量字句，拟议声病以求言语之工。言语亦既工矣，而么弦孤韵终难当夫作者。唯先有不可磨灭之概与挹注不尽之源蕴于胸中，即不必求工于诗，而纵心一往，浩浩洋洋，自有不得不工之势。无他，功夫在诗外也。"[3]而袁枚《随园诗话》则有"须知有性情，便有格律，格律不在性情外"[4]的说法，都与潘耒之说如出一辙，言辞也很接近，但沈、袁两人不约而同地都不用"格调"而用了"格律"一词，颇令人玩味。或许他们都有意在回避格调？这也正是我不称沈德潜为新格调论，而称之为新格调派的理由。格调绝不

---

[1]（清）沈德潜著，潘务正、李言编辑点校：《沈德潜诗文集》，人民文学出版社2011年版，第1570页。
[2]（清）潘耒撰：《遂初堂集》卷八，清康熙间刊本。
[3]（清）缪沅：《余园诗钞》卷首，清乾隆间葆素堂刊本。
[4]（清）袁枚：《随园诗话》，人民文学出版社1982年版，第2页。

是沈德潜喜欢谈论的诗学概念，而只是他秉持的一种观念。那么，作为沈德潜诗学观念的格调，又有着怎样的意涵呢？要弄清这一点，首先有必要做一番概念史的回溯。

二、"格调"溯源

"格调"一词原指格与声调，青木正儿将它溯源于王昌龄《论文意》："凡作诗之体，意是格，声是律，意高则格高，声辨则律清，格律全，然后始有调。"[1] 唐代诗论中不仅有殷璠《河岳英灵集》评储光羲"格高调逸"[2]，皎然《诗式》称赞谢灵运"其格高""其调逸"[3] 的例子，到中唐时已可见到"格调"连用的复合词组。如姚合《喜览裴中丞诗卷》诗云："调格江山峻，功夫日月深。"[4] 秦韬玉《贫女》诗云："谁爱风流高格调，共怜时世俭梳妆。"[5] 都是较抽象地指一种美学趣味。宋

---

1 [日] 空海辑：《文镜秘府论·南卷》，载张伯伟编校《全唐五代诗格校考》，江苏古籍出版社2002年版，第160页。
2 （唐）殷璠编：《河岳英灵集》卷中，载（唐）高仲武、元结等编选《唐人选唐诗十种》（上），上海古籍出版社1978年版，第95页。
3 （唐）皎然著，李壮鹰校注：《诗式校注》，齐鲁书社1986年版，第90页。
4 （清）彭定求等编：《全唐诗》，中华书局1960年版，第5712页。
5 （清）彭定求等编：《全唐诗》，中华书局1960年版，第7657页。

代刘克庄《江西诗派小序》称:"国初诗人如潘阆、魏野,规规晚唐格调。"[1]元代危素评廼贤《颍州老翁歌》:"格调则宗韩吏部,性情则同元道州。"[2]辛文房《唐才子传》卷六姚合传称:"格调俱到,兴趣少殊。"[3]不一而足。但直到明代复古派诗论中,格调才日益凸显其重要地位,成为统摄诗学的核心概念。即便如此,他们对"格调"这一术语也没有清晰的界定,经常是在具体语境中让我们感觉到它的存在。如李梦阳《潜虬山人记》所谓:"诗有七难,格古、调逸、气舒、句浑、音圆、思冲,情以发之。七者备而后诗昌也。"[4]

青木正儿据上引《论文意》一段文字,认为"格是意,即关于诗的内容方面的东西,律是声,即关于诗的外形方面的东西。就是说,格是思想表达的样式,律是文辞的声音所构成的旋律",而在此基础上形成的调,"当指由内容及外形所产生的

---

[1] (宋)刘克庄著,辛更儒校注:《刘克庄集笺校》,中华书局2011年版,第4023页。
[2] (清)顾嗣立编:《元诗选·初集》(戊),中华书局1987年版,第1455页。
[3] 傅璇琮主编:《唐才子传校笺》,中华书局1990年版,第124页。
[4] (明)李梦阳:《空同集》卷四八,载《景印文渊阁四库全书》(第1262册),台湾商务印书馆1986年版,第446页。

作风而言"。[1]这大约是唐人的理解和用法。到宋人的诗论中，意仍与格相连，但调却转而指声，如姜夔言："意格欲高，句法欲响"，"句意欲深欲远，句调欲清欲古欲和"[2]，是典型的例证。到李东阳那里，声分化为律与调，声律乃平仄之法，声调则是"通过声律的运用而产生的具有个人或时代特色的音调"，因此青木正儿认为："东阳所说的'格律'就是空海所说的'格'，东阳所说的'声调'就是空海所说的'律'，东阳所说的'格调'则相当于空海所说的'调'。"[3]这一辨析无疑是很精辟的，尤其是指出宋人的格与意相关，很有见地。《诗话总龟》评钱昭度《灯诗》也有"意格清远"之说[4]，甚至到高棅诗学，蔡瑜研究的结论仍然是：格是以诗意为主的批评术语，调是以声律为主的批评术语。[5]不过，问题是中国古代的诗学文献极其丰富，同样的术语，在其他人、其他文献中也常有不尽

---

[1] 〔日〕青木正儿:《清代文学评论史》，杨铁婴译，中国社会科学出版社1988年版，第121页。
[2] （清）姜夔:《白石道人诗说》，载夏承焘辑校《白石诗词集》，人民文学出版社1959年版，第68页。
[3] 〔日〕青木正儿:《清代文学评论史》，杨铁婴译，中国社会科学出版社1988年版，第122页。
[4] 阮阅辑:《诗话总龟》，人民文学出版社1987年版，第151页。
[5] 参见蔡瑜《高棅诗学研究》第二章第二节"体例渊源与品目释义"，台湾大学出版委员会1990年版，第165—183页。

相同的用法。比如格，王楙《野老纪闻》载："林季野观鲁直诗，紬绎再四，云：'诗未必篇篇佳，但格制高耳。'"[1] 格与制连用，显出格向体制、结构方面转向的迹象。可见，格到宋代已是一个含义很复杂的诗学概念，近年已有学者专门谈到这一点。[2]

到明代诗论中，格调的涵义与唐宋又有不同，基本成了只适用于律诗的概念，一如神韵之于短章。照徐师曾《诗体明辨》的说法，律诗之体"一篇之中，抒情写景，或因情以寓景，或因景以见情，大抵以格调为主"[3]。而格、调两字的涵义也有了变异，李梦阳批点杨一清诗，评语所用格、调显出二元化的倾向，格与气相关，调与句、意相对。[4] 到赵宧光《寒山帚谈》就概括为一个简洁的表述："夫物有格调。文章以体

---

[1]（宋）王楙：《野客丛书》，中华书局1992年版，第356页。
[2] 黄爱平：《宋诗话中"格"的复杂意蕴及其诗学意义》，《华南理工大学学报（社会科学版）》2013年第1期。
[3]（清）叶生、汪淇：《诗体明辨笺评》卷四，清顺治十五年（1658）刊本。
[4]（明）李梦阳批：《石淙诗稿》，台湾"中央图书馆"藏。简锦松《李梦阳诗论之"格调"新解》（中国古典文学研究会主编：《古典文学》第15辑，台湾学生书局2000年版）对其评语有详细梳理，但以"杜格""杜调""杜体"互见而认为格、调的用法和意义都没有差别，"唐宋调杂、古今格混"是互文见义，似乎失之简单化。笔者玩其所引述的评语，觉得在当时语境中，格和调的指向还是不同的。

制为格，音响为调。"[1]这是最简明也最一般化的解释，今人所见略同于此。[2]但这很可能是偏离格调派本义的概括，借助于叶燮的辨析不难看清这一点。《原诗·外篇上》写道："言乎体格，譬之于造器，体是其制，格是其形也。"[3]联系下文论声调来看，诗歌的艺术性是体格与声调的总和，而体格又分为体和格两个层面：体是体制，即内在的规定性和艺术表现的总体要求，就像器物的结构，它是由用途和功能决定的；格是章句，即通过特定的语法和修辞构成的文本特征，好比器物的造型，取决于作者的趣味、才能和习惯。明代格调派所谓的"格"实际只取了这层涵义，于是就成了排除体制要求而专指文本语言和声律特征的概念。

不过需要注意的是，到明代诗论中，格调已不再是个中性概念，而是像铃木虎雄所说的，成为专指理想性即带有特定风格乃至美学追求的某种格调。[4]比如李梦阳《驳何氏论文书》所

---

1 （明）赵宧光：《寒山帚谈》卷二，明崇祯间刊本。
2 如张健即言："格指体裁规格，调指声调韵律。"（张健：《中国文学批评》，台湾五南图书出版公司1992年版，第312页。）
3 蒋寅：《原诗笺注》，上海古籍出版社2014年版，第253页。
4 〔日〕铃木虎雄：《中国诗论史》，洪顺隆译，台湾商务印书馆1972年版，第99—100页。

谓"高古者格，宛亮者调"[1]。只有这样的意度声情才被视为有格调。这么一来，格调就被价值化了，正像王国维讲意境之有无使意境由中性概念变成价值标准一样。王渔洋说："明诗本有古澹一派，如徐昌国、高苏门、杨梦山、华鸿山辈。自王、李专言格调，清音中绝。"[2]专言格调而致清音中绝，这不正意味着格调是带有强烈风格倾向的审美范畴吗？所以说，格调论的本质就是一种风格取向的诗学立场，其核心是要树立一个独立于情感表现之外的风格目标。就像冯琦序于慎行文集所指出的：

> 夫诗以抒情，文以貌事，古人立言，终不能外人情事理而特为异。而后之作者往往求之情与事之外，求之弥深，失之弥远……故知诗以抒情，情达而诗工；文以貌事，事悉而文畅。古人之言尽于此矣。而后之作者高喝矜步以为雄，多言繁称以为博，取古人之陈言比而栉之，以为古调古法。调不合则强情以就之，法不合则饰事以符之。[3]

---

1 （明）李梦阳：《驳何氏论文书》，载《空同集》卷六二，《景印文渊阁四库全书》第1262册，台湾商务印书馆1986年版，第567页。
2 （清）王士禛：《池北偶谈》，载袁世硕主编《王士禛全集》，齐鲁书社2007年版，第3108页。
3 （明）冯琦：《于宗伯集序》，《宗伯集》卷一〇，明万历间刊本。

这里"求之情与事之外"的目标就是格调,其具体内涵包括气派之雄、称说之繁、文辞之古及相应的声调和修辞。以此为界,持传统抒情观念的古人和持格调派艺术观念的后之作者被清楚地区分开来。

到后来"格调"不再作格和调的辨析,而逐渐被视为一个复合词,意味着整体性的美学风貌。就像近人徐英所阐明的:"此云格调,不指体格之格、声调之调而言,乃谓其于法律之外,另有一种不可仿佛之风神格调在,此种非关人力,殆由天授。若体格声调,则在法律之中,尚有矩矱可寻者。喻若妇人,后者粉白黛绿,眉目姣好而已;前则风神秀朗,在眉目部位之外,所谓绝代佳人,遗世而独立者矣。"[1]

这么说来,沈德潜在格调概念的演化史中占有什么位置呢?张健曾指出,沈德潜诗学的核心概念是宗旨、体裁、音节、神韵,而且其间还有一个调整、演进的过程。[2] 他举出《唐诗别裁集》及重订本序、《七子诗选序》为证,这里还可

---

1 徐英:《诗法通微》,黄山书社2011年版,第244页。
2 张健:《清代诗学研究》,北京大学出版社1999年版,第525页。

以补上蒋重光《明诗别裁集序》。康熙五十六年（1717）沈氏作《唐诗别裁集序》强调宗旨、体裁、音节，但到乾隆四年（1739）蒋重光撰《明诗别裁集序》述其旨趣已变为："始端宗旨，继审规格，终流神韵，三长具备，乃登卷帙。"[1] 乾隆十八年（1753）沈氏作《七子诗选序》又变成："始则审宗旨，继则标风格，终则辨神韵。"[2] 及至乾隆二十八年（1763）沈氏所作《重订唐诗别裁集序》，最终定型为："先审宗旨，继论体裁，继论音节，继论神韵，而一归于中正和平。"[3] 宗旨、体裁、音节乃是明代格调派的本手（围棋行棋的正常步骤），但二十年后他的想法有了变化，吸收王渔洋诗学的精髓，将规格和神韵看得比体裁和音节更重要，规格后又换成风格。不过相比之下，音节终究是格调论的核心要素，也是神韵诗学的重要内涵，更何况体裁和音节比风格更明确而好把握，更与传统诗学相契合、相衔接。于是一个与作用层面的趣、法、气、格相对应的文本层面的主干概念系统——宗旨、体裁、音节、神韵就

1　（清）沈德潜、周准编：《明诗别裁集》卷首，上海古籍出版社2013年版。
2　（清）沈德潜著，潘务正、李言编辑点校：《沈德潜诗文集》，人民文学出版社2011年版，第1360页。
3　（清）沈德潜选注：《唐诗别裁集》卷首，上海古籍出版社2013年版。

构建起来了。宗旨指向正统观念，体裁和音节对应传统的格调观，神韵代表着新的艺术标准。这样一个理论构架全方位地扩展了格调诗学的视野，可以说是沈德潜对格调观念的最大贡献，也是其新格调诗学完成的重要一环。

三、沈德潜的新格调观

自20世纪80年代以来，学界对格调诗学多从模拟和束缚性灵的角度给予较负面的评价[1]，这是不对的。格调诗学所关注的是诗学的一般技术问题，是任何作者都不能回避或放弃的学问。在诗学中，也和所有学术一样，如果诗歌的本质中没有某些稳定的属性，那么就没有常识，没有有效的方法和理性的目标可言。格调诗学就是给人提供关于诗歌的一般知识的基础理论。沈德潜对明代格调诗学的改造，在这方面做得非常好。

他的新格调诗学通过融入神韵的理想而提升了理论品位，明确了对典范的模仿本身不是目的，而是到达理想境界的手段，这就超越了明代格调论的简单模拟意识。其实，到明代格

---

1 陈岸峰：《沈德潜诗学研究》，齐鲁书社2011年版，第20页。

调派后期，胡应麟称"盖作诗大法，不过兴象风神、格律音调"[1]，已显示出对超文本层面的审美要素——风神的重视。王渔洋以神韵论诗，更将明代格调派着眼于字句、音节的模仿改造为摄取作品整体风貌的深度师古，而神韵概念也获得一种统摄性的上位品格："盖自来论诗者，或尚风格，或矜才调，或崇法律，而公则独标神韵。神韵得，而风格、才调数者悉举诸此矣。"[2]这到乾隆间似已成为诗家共识。沈德潜的同门薛雪论诗之六妙，也有类似见解："何为六妙？即丰、神、境、会、气、韵也。丰者丰采，神者神理，境乃得境，会乃会心，气是气度，韵则该乎风韵温柔、音节悠扬、立意敦厚、体制停匀，非若运会之运，不由学力所造者也。"[3]可见神韵是包举文本虚、实两方诸概念的上位概念。神韵这种向上一路的旨趣，原本就十分微妙，再被王渔洋常不免流于趣味化的论说所笼罩，更显得空灵飘渺，难以把捉。沈德潜将它与宗旨、体裁、音节并列，既涤除王渔洋点染的趣味化色彩，同时也拨开了后人涂抹

---

1 （明）胡应麟：《诗薮》，上海古籍出版社1979年版，第126页。
2 （清）王掞：《诰授资政大夫经筵讲官刑部尚书王公神道碑铭》，载《渔洋山人自撰年谱》，中华书局1992年版，第102页。
3 （清）薛雪辑：《唐人小律花雨集·赘言》，清乾隆十一年（1746）薛氏扫叶庄刊本。

的神秘光晕，使它由一种笼统的价值理想回归于诗歌文本的某个审美层次，这就给它一个清晰的定位：首先是一个构成性概念，同时又是比宗旨、体裁、音节更高级的上位概念。经沈德潜如此定位，神韵概念由玄妙虚空而落到实地，确立了它在古典诗学概念系统中的位置，也直接启发了翁方纲"新城所云神韵，即何、李所云格调之别名也"[1]及袁枚视神韵"不过诗中一格"[2]的观念。

在清初诗学做完清算明代格调派弊端的功课之后，沈德潜放手正面立论，以老师叶燮才、胆、识、力的学说充实格调的蕴含，从而弥补明代格调论的不足。我们知道，明代格调派之倡导真诗，主要立足于性情论，而沈德潜却主张"有第一等襟抱，第一等学识，斯有第一等真诗"[3]，这就在真诗与第一等真诗之间划出一条界线，避开了"真诗"论中隐藏的一个理论误区：性情＝真诗＝好诗。这种危险的简单逻辑在晚明以来的"真诗"论中若隐若现，后来到性灵诗学中成为常态思维。

---

1 （清）翁方纲辑：《七言律诗钞·凡例》，清乾隆四十六年（1781）刊本。
2 （清）袁枚：《随园诗话》，人民文学出版社1982年版，第273页。
3 （清）沈德潜：《说诗晬语》，载沈德潜著，潘务正、李言编辑点校《沈德潜诗文集》，人民文学出版社2011年版，第1910页。

为充实格调的蕴含，沈德潜《与陈耻庵书》曾从根本着眼，阐明培养诗学的元气之重要："盖能根柢于学，则本原醇厚，而因出之以性情之和平，将卓尔树立，成一家言。吾不受风气之转移，而可转移乎风气。"[1]这不能不说是古典诗学的治本之论，而承师说而来的"成一家言""转移风气"的创新志向，更从根本上划清了自己与明代格调派的界线。当然，从后设的角度看，沈德潜所主张的"根柢于学"的矫枉策略，在某种意义上又成为从康熙诗坛以学问安顿诗学基础过渡到乾隆朝学人诗风的先声，这恐怕是他始料不及的。

相比明人的格调观，沈德潜在内容方面更突出了伦理性的要求。《桐城张公药斋诗集序》提到："古今之称诗者，必以少陵为归，而少陵所以胜人，每在纲常伦理之重。"[2]将杜甫的成就和价值全归于伦理方面，无疑是对明代格调派诗论的一个补充。另外，对以往一直评价不高的白居易，他在《说诗晬语》中已肯定："白乐天诗，能道尽古今道理。人以率易少之，然

---

1 （清）沈德潜著，潘务正、李言编辑点校：《沈德潜诗文集》，人民文学出版社2011年版，第1379页。
2 （清）沈德潜著，潘务正、李言编辑点校：《沈德潜诗文集》，人民文学出版社2011年版，第1766页。

《讽喻》一卷,使言者无罪,闻者足戒,亦风之遗意也。"[1]到晚年重订《唐诗别裁集》,更给予极大的重视,成为白居易经典化历程中十分重要的一环。当然,刻意重倡诗教、以伦理之善来诠评诗歌,也带来重风人之旨而轻视写景、体物形似之美的负面影响。他会属意于《诗·邶风·雄雉》末章"进君子以提身善世之道",汉乐府《东门行》"今时清廉,难犯教言,君独自爱莫为非"数句"重言以丁宁之,去风人未远"[2],而对"思君如流水""池塘生春草""澄江静如练""红药当阶翻""月映清淮流""芙蓉露下落""空梁落燕泥"这些六朝名句,虽也承认"情景俱佳,足资吟咏",却终以为不如"南登霸陵岸,回首望长安"一联"忠厚悱恻,得'迟迟我行'之意"。[3]曹植《种葛》《蒲生行》《浮萍》等篇,也被视为"文藻有余而怨怼或甚,似非风人之旨"(《种瓜篇·小序》)。[4]这样的偏颇之见

---

[1] (清)沈德潜著,潘务正、李言编辑点校:《沈德潜诗文集》,人民文学出版社2011年版,第1939页。
[2] (清)沈德潜:《说诗晬语》,载沈德潜著,潘务正、李言编辑点校《沈德潜诗文集》,人民文学出版社2011年版,第1913页。
[3] (清)沈德潜:《说诗晬语》,载沈德潜著,潘务正、李言编辑点校《沈德潜诗文集》,人民文学出版社2011年版,第1932页。
[4] (清)沈德潜:《种瓜篇·小序》,载沈德潜著,潘务正、李言编辑点校《沈德潜诗文集》,人民文学出版社2011年版,第8页。

很容易招致批评。

在方法论上,沈德潜秉持儒家传统的折中观念,为古典诗学清理、重塑了一个平正、中庸的艺术理想和一个包容广大的历史传统,从而超越了明代格调派的极端主张和狭隘观念。已故台湾学者廖宏昌曾指出,沈德潜建构其诗学体系的理路主要是在反思明诗流弊的基础上,从性情、活法、学问三方面折中七子与公安、竟陵诗学[1],这是很有见地的。但需要进一步指出的是,观念层面的问题,经过清初诗学的自觉反思已基本厘清,沈德潜处理的更多是操作层面的具体问题。包括在情感的表达上,要求分寸得当,不事夸饰:"若小小送别,而动欲沾巾;聊作旅人,而便云万里。登陟培塿,比拟华、嵩;偶遇庸人,颂言良哲。以至本居泉石,更怀遁世之思;业处欢娱,忽作穷途之哭。准之立言,皆为失体。"[2]在诗料的取材上,坚持不走极端:"不读唐以后书,固李北地欺人语。然近代人诗,似专读唐以后书矣。又或舍九经而征佛经,舍正史而搜稗史小

---

[1] 廖宏昌:《沈德潜诗学体系建立的思维理路》,《北京化工大学学报(社会科学版)》2005年第4期。
[2] (清)沈德潜:《说诗晬语》,载沈德潜著,潘务正、李言编辑点校《沈德潜诗文集》,人民文学出版社2011年版,第1961页。

说,且但求新异,不顾理乖。淮雨别风,贻讥踳驳,不如布帛菽粟,常足厌心切理也。"[1]在艺术效果的追求上,主张生熟相济:"隐侯云'弹丸脱手',固是诗家妙喻。然过熟则滑,唯生熟相济,于生中求熟,熟处带生,方不落寻常蹊径。"[2]在诗歌传统的取舍上,对清初以来全盘否定明诗的思潮有所矫正,这点笔者在他文还要专门讨论。贯穿于沈德潜诗学整体的折中思维,不仅将其与旧格调论区别开来,还保证他的论断有一定弹性,不至走向绝对和僵化。这是乾隆诗学整体上走向包容、融合、沟通的先声。唯其如此,我们常能在沈德潜、袁枚、翁方纲这些在以往诗学史论述中近似水火不容的派别中听到类似的声音和相同的观念、主张。

尽管沈德潜看起来更重视"格—意"层面的内容,却也没有忽略声律的要素。只不过他在诗律学方面殊鲜心得,《说诗晬语》论及声律、音节的条目都是因袭其师叶燮和王渔洋之说。丁放注意到沈德潜特别重视押韵[3],如:"诗中韵脚,如

---

[1] (清)沈德潜:《说诗晬语》,载沈德潜著,潘务正、李言编辑点校《沈德潜诗文集》,人民文学出版社2011年版,第1971页。
[2] (清)沈德潜:《说诗晬语》,载沈德潜著,潘务正、李言编辑点校《沈德潜诗文集》,人民文学出版社2011年版,第1967页。
[3] 丁放、朱欣欣:《元明清诗歌批评史》,安徽大学出版社1995年版,第222页。

大厦之有柱石，此处不牢，倾折立见。故有看去极平，而断难更移者，安稳故也。安稳者，牢之谓也。杜诗'悬崖置屋牢'，可悟韵脚之法。"[1]又引毛先舒之说曰："诗必相韵，故拈险俗生涩之韵及限韵、步韵，可无作也。"[2]《唐诗别裁集》卷三评韦应物《春游南亭》也说："人知作诗在句中炼字，而不知炼在韵脚。篇中'拥'字、'动'字、'重'字，妙处全在韵脚也。"[3]这些议论同样沿袭前人[4]，但其中毕竟凝聚着前辈研精诗律的真知灼见，仍足以弥补明代格调诗学在声律方面尚停留于朦胧意识的不足。另外，《说诗晬语》论读诗说："诗以声为用者也，其微妙在抑扬抗坠之间。读者静气按节，密咏恬吟，觉古人声中难写、响外别传之妙，一时俱出。"[5]这段话发挥宋代朱熹、真德秀的讽咏涵濡之旨，启发后学如何从诵读中体会前人声律

---

[1]（清）沈德潜：《说诗晬语》，载沈德潜著，潘务正、李言编辑点校《沈德潜诗文集》，人民文学出版社2011年版，第1968页。
[2]（清）毛先舒：《诗辩坻》卷三："诗必相韵，故拈险俗生涩之韵及限韵、步韵，可无作也。"（郭绍虞辑：《清诗话续编》，上海古籍出版社1983年版，第65页。）
[3]（清）沈德潜辑：《唐诗别裁集》，上海古籍出版社2013年版，第100页。
[4] 王宏林《说诗晬语笺注》已指出韵脚稳如柱石之说系本自元杨载《诗法家数》论押韵："押韵稳健，则一句有精神，如柱磉欲其坚牢也。"（沈德潜著，王宏林笺注：《说诗晬语笺注》，人民文学出版社2013年版，第369页。）
[5]（清）沈德潜著，潘务正、李言编辑点校：《沈德潜诗文集》，人民文学出版社2011年版，第1909页。

之妙，的确是经验之谈，后人传为名言。

作为体现古典主义诗学理想的格调论，当然以放之四海而皆准的普遍性自期，要为诗歌建立一套艺术规范。在欧洲文学史上，法国古典主义批评家布瓦洛的《诗的艺术》就是以宫廷艺术趣味为审美标准，"制定出各种文类的严格的文体规范"的一个典型，用了很多"应当""必须""不准"的句法来说明规则[1]。沈德潜《说诗晬语》同样也表现出这种意识，提出许多规则，但这并不是他的注意所在。如果比照蒙课诗学的水准，当然会以规则的归纳和条列为满足。但作为以神韵为旨归的精英诗学，并已意识到"诗道之坏，在性情、境地之不问而务期乎苟同"(《唐诗别裁集自序》)[2]，他就不能不摆脱规则的羁绊而追求对固定法则的超越。这也正是《南园倡和诗序》说"诗之真者在性情，不在格律辞句间也"[3]的部分旨趣所在。所以，沈德潜新格调诗学的终结点，就不是完型和建构，而必然是对此的警觉，从而与传统诗学的最高理念——至法无法相契合。

---

1 陶东风：《文体演变及其文化意味》，云南人民出版社1994年版，第76页。
2 （清）沈德潜：《唐诗别裁集自序》，载沈德潜著，潘务正、李言编辑点校《沈德潜诗文集》，人民文学出版社2011年版，第1329页。
3 （清）沈德潜：《南园倡和诗序》，载沈德潜著，潘务正、李言编辑点校《沈德潜诗文集》，人民文学出版社2011年版，第1352页。

《说诗晬语》有一节专门阐明此意:

> 诗贵性情,亦须论法。乱杂而无章,非诗也。然所谓法者,行所不得不行,止所不得不止,而起伏照应,承接转换,自神明变化于其中;若泥定此处应如何,彼处应如何(如碛沙僧解《三体唐诗》之类),不以意运法,转以意从法,则死法矣。试看天地间水流云在,月到风来,何处著得死法?[1]

很早就参透这一点的沈德潜,最终也步踵老师著《原诗》的足迹,从美学的高度讨论诗学的原理问题。这无形中提升了《说诗晬语》的理论品位,同时也使老师未曾触及的一些古典诗学基本问题续得论定。

四、格调之外的理论充实

格调诗学的主体既然是诗学的一般技术问题,它就必然关

---

[1] (清)沈德潜:《说诗晬语》,载沈德潜著,潘务正、李言编辑点校《沈德潜诗文集》,人民文学出版社2011年版,第1910页。

涉传统诗学的基本观念和核心问题。沈德潜诗论中确实也涉及不少诗学的普遍性问题，包括模仿与创新、诗与学、抒情与议论、含蓄与直露、咏物与寄托等，这些传统诗学的重要观念在沈德潜诗学中都有自觉的理论总结。

模仿与创新是古典诗学很古老的问题，沈德潜之所以还要提出来讨论，是因为清初诗家惩于明代格调派的失败经验，几乎不假思索地绝对否定了模仿的作用和意义。这显然有点矫枉过正了。为此，沈德潜首先肯定模仿的必要性，然后再诫人勿泥古不化，告诉学诗者："诗不学古，谓之野体。然泥古而不能通变，犹学书者但讲临摹，分寸不失，而己之神理不存也。作者积久用力，不求助长，充养既久，变化自生，可以换却凡骨矣。"[1]对比姚鼐对模拟的全盘肯定[2]，沈德潜这段话前后逻辑似乎有点脱节：前面说一味模仿而不能通变，就会丧失自我；后面却说只要潜心师古，日久自生变化，脱换凡骨。这就留下

---

1 （清）沈德潜：《说诗晬语》，载沈德潜著，潘务正、李言编辑点校《沈德潜诗文集》，人民文学出版社2011年版，第1911页。
2 姚鼐《与伯昂从侄孙·其三》："学诗文不摹拟，何由得入？须专摹拟一家，已得似后，再易一家。如是数番之后，自能熔铸古人，自成一体。若初学未能逼似，先求脱化，必全无成就。譬如学字而不临帖，可乎？"[（清）姚鼐：《惜抱先生尺牍》卷八，清宣统元年（1909）小万柳堂重刊本。]

一个惹人疑惑的问题：模仿到底会导致泥古呢，还是自然能达成通变呢？看来沈德潜对学古的深浅分寸有点难以拿捏而不无犹豫。不过具体到模仿的结果，是非很清楚，即："诗之宗法在神理，而不在形似。"(《与陈耻庵书》)[1]至于临颖命笔之际的态度，更是非常明确："曾子固下笔时，目中不知刘向，何论韩愈！子固之文，未必高于中垒、昌黎也，然立志不苟如此。作诗须得此意。"[2]这正是叶燮论在我之四——才、胆、识、力中的"胆"字。后来袁枚说"人闲居时，不可一刻无古人；落笔时，不可一刻有古人"[3]，同为此意。格调派与性灵派通常被视若水火，好像有着不可调和的尖锐对立，其实袁枚和沈德潜的议论经常如出一辙。这不只是袁枚钦佩、私淑叶燮的结果，也是沈德潜的新格调诗学在许多地方与传统诗学的根本宗旨和大方向相一致的缘故。

相比模仿的问题来，诗与学问的关系应该题无余义，没什么可讨论的内容。沈德潜在《与陈耻庵书》中提出的诗根柢于

---

[1] （清）沈德潜：《与陈耻庵书》，载沈德潜著，潘务正、李言编辑点校《沈德潜诗文集》，人民文学出版社2011年版，第1379页。
[2] （清）沈德潜：《说诗晬语》，载沈德潜著，潘务正、李言编辑点校《沈德潜诗文集》，人民文学出版社2011年版，第1911页。
[3] 袁枚：《随园诗话》，人民文学出版社1982年版，第352页。

学问之说，也没什么可辩驳的余地。为避免崇尚神韵而造成歧义，他甚至在《许双渠抱山吟序》中补充道，"诗虽超诣之难，而尤不根柢于学之足患"[1]，坚决地将诗歌写作安放在学的基础上。这个"学"在他心目中是广义的知识，或前人所谓"书卷"，所以说"以诗入诗，最是凡境。经史诸子，一经征引，都入咏歌，方别于潢潦无源之学（曹子建善用史，谢康乐善用经，杜少陵经史并用）。但实事贵用之使活，熟语贵用之使新，语如己出，无斧凿痕，斯不受古人束缚"[2]。如此理解"学"及其在诗中的运用，当然就不是任何诗都要援引典故，像《说诗晬语》说的："援引典故，诗家所尚。然亦有羌无故实而自高，胪陈卷轴而转卑者。假如作田家诗，只宜称情而言，乞灵古人，便乖本色。"[3] 这无疑是很周到的见解，但问题是当时以厉鹗为代表的浙派诗人，写作中已显露出一股堆砌史事、炫富逞博的倾向。沈德潜因而在《说诗晬语》中指出："严仪卿

---

[1]（清）沈德潜著，潘务正、李言编辑点校：《沈德潜诗文集》，人民文学出版社2011年版，第1344页。
[2]（清）沈德潜著，潘务正、李言编辑点校：《沈德潜诗文集》，人民文学出版社2011年版，第1910页。
[3]（清）沈德潜著，潘务正、李言编辑点校：《沈德潜诗文集》，人民文学出版社2011年版，第1962页。

有'诗有别才,非关学也'之说,谓神明妙悟,不专学问,非教人废学也。误用其说者,固有原伯鲁之讥;而当今谈艺家,又专主渔猎,若家有类书,便成作者,究其流极,厥弊维钧。吾恐楚则失矣,齐亦未为得也。"[1]《汪荼圃诗序》又重申其旨,说:"作诗谓可废学,持严仪卿'诗有别才'之说而误用之者也。而反其说者,又谓诗之为道,全在征实,于是融洽贯串之弗讲,而剿猎僻书,纂组繁缛,以夸奥博,若人挟类书一部,即可以诗人自诩者。究之驳杂支离,锢其灵明,愈征实而愈无所得。"[2]这两段话应该是针对浙派而言,却像是对乾隆中叶以后以考据为诗的"学人之诗"的预警。

关于诗歌该不该议论及如何议论,诗家向来有不同看法。沈德潜在这个问题上仍然发挥师说,主张:"人谓诗主性情,不主议论,似也,而亦不尽然。试思二《雅》中何处无议论?杜老古诗中,《奉先咏怀》《北征》《八哀》诸作,近体中《蜀相》《咏怀·诸葛》诸作,纯乎议论。但议论须带情韵以行,

---

[1] (清)沈德潜著,潘务正、李言编辑点校:《沈德潜诗文集》,人民文学出版社2011年版,第1963页。
[2] (清)沈德潜著,潘务正、李言编辑点校:《沈德潜诗文集》,人民文学出版社2011年版,第1328页。

勿近伧父面目耳。戎昱《和蕃》云：'社稷依明主，安危托妇人。'亦议论之佳者。"[1]《杜诗偶评》评杜甫《述古》也说："古今治乱判于此，此议论之纯乎纯者。谓作诗必斥议论，岂通论耶？"[2] 这应该说是较开通的见解。

在艺术表现的含蓄与直露的关系上，沈德潜不用说是崇尚比兴含蓄的。《说诗晬语》第二则即言："事难显陈，理难言罄，每托物连类以形之。郁情欲舒，天机随触，每借物引怀以抒之。比兴互陈，反复唱叹，而中藏之欢愉惨戚，隐跃欲传，其言浅，其情深也。倘质直敷陈，绝无蕴蓄，以无情之语而欲动人之情，难矣！"[3] 将自己的观点表达得非常清楚。又说："意主浑融，唯恐其露；意主蹈厉，唯恐其藏。究之恐露者味而弥旨，恐藏者尽而无余。"[4] 虽然浑融、蹈厉正如所谓沉着、痛快，为诗家两种不可偏废的作用，但就艺术效果而言，沈德潜在藏、露两者间还是有取于藏。这固然与传统诗歌美学崇尚言已

---

1 （清）沈德潜著，潘务正、李言编辑点校：《沈德潜诗文集》，人民文学出版社 2011 年版，第 1971 页。

2 （清）沈德潜：《杜诗偶评》卷一，清赋闲草堂刊本。

3 （清）沈德潜：《说诗晬语》，载沈德潜著，潘务正、李言编辑点校《沈德潜诗文集》，人民文学出版社 2011 年版，第 1908 页。

4 （清）沈德潜：《说诗晬语》，载沈德潜著，潘务正、李言编辑点校《沈德潜诗文集》，人民文学出版社 2011 年版，第 1961 页。

尽而意有余的主导倾向相一致，但正像前引论《雄雉》属意于"进君子以褆身善世之道"所流露的谨慎心态，其间还是有某种政治正确的考量。这在论讽刺之词时看得更清楚："讽刺之词，直诘易尽，婉道无穷。卫宣姜无复人理，而《君子偕老》一诗，止道其容饰衣服之盛，而首章末以'子之不淑，云如之何'二语逗露之；鲁庄公不能为父复仇，防闲其母，失人子之道，而《猗嗟》一诗，止道其威仪技艺之美，而章首以'猗嗟'二字讥叹之。苏子所谓不可以言语求而得，而必深观其意者也。诗人往往如此。"[1] 这也很自然，同样是出于传统诗教温柔敦厚的要求。

再看与此相关的咏物诗的寄托问题。沈德潜曾指出："咏物，小小体也。而老杜咏房兵曹胡马则云：'所向无空阔，真堪托死生。'德性之调良，俱为传出。郑都官咏鹧鸪则云：'雨昏青草湖边过，花落黄陵庙里啼。'此又以神韵胜也。彼胸无寄托，笔无远情，如谢宗可、瞿佑之流，直猜谜语耳。"[2] 这里

---

1 （清）沈德潜：《说诗晬语》，载沈德潜著，潘务正、李言编辑点校《沈德潜诗文集》，人民文学出版社2011年版，第1913—1914页。
2 （清）沈德潜：《说诗晬语》，载沈德潜著，潘务正、李言编辑点校《沈德潜诗文集》，人民文学出版社2011年版，第1965页。

区分了咏物诗的两种写作范式,一种是有寄托,以襟怀高迈为尚;一种是无寄托,以情韵悠远为尚。他对两者看上去无所轩轾,但就诗歌史而言,还是觉得有寄托更为常见。《说诗晬语》提到:"《鹤鸣》本以诲宣王,而拉杂咏物,意义若各不相缀。难于显陈,故以隐语为开导也。汉枚乘《奏吴王书》本此。"[1]这里的难于显陈、故为隐语与上文论讽刺之词的"直诘易尽,婉道无穷"适有潜通消息之处。也就是说,沈德潜的见解基本上是通达平正的,代表着古典诗学一般的美学和伦理取向。

上述沈德潜的诗学观念与其说是发展了格调派的学说,还不如说体现了古典诗学的一般观念,或者说"为中国古典主义诗学作了总结"[2]。因此,沈德潜后来一直被视为诗学正宗,代表着古典诗学的主导倾向,后人问道于此不用担心会走向偏仄和异端之途。沈德潜诗学在他生前和身后的命运也与袁枚诗学截然不同,生前未曾风靡天下,身后也没有被弃若刍狗,饱受批评。乾隆中叶以后,沈德潜的格调诗学迅速被性灵诗学取代,不是缘于自身的缺陷,而是这种正统诗学的门槛太高,不像性

---

[1] (清)沈德潜:《说诗晬语》,载沈德潜著,潘务正、李言编辑点校《沈德潜诗文集》,人民文学出版社2011年版,第1917页。
[2] 丁放、朱欣欣:《元明清诗歌批评史》,安徽大学出版社1995年版,第227页。

灵诗学门户广大，无人不可出入其中。钱泳《履园丛话·谭诗》说："自宗伯三种《别裁诗》出，诗人日渐日少；自太史《随园诗话》出，诗人日渐日多。"[1]无意中道出两家诗运升降的消息。然而袁枚身后备受诋諆，沈德潜诗学却始终为众望所归，有名门正派的气象，终有清之世安享百余年不衰的声名。即使偶尔有些论者给予差评，也难以动摇它的正宗、典范地位。

（原刊《文艺研究》2016年第10期）

---

[1]（清）王夫之等撰，丁福保辑：《清诗话》，上海古籍出版社1978年版，第871页。

纪昀的诗学品格及其核心理念再检讨

纪昀(1724—1805)虽以渊博称,但著作传世不多,除《阅微草堂笔记》《纪文达公遗集》之外,仅有《评文心雕龙》《史通削繁》等,此外还有《李义山诗》《才调集》《陈后山集钞》《瀛奎律髓》等书的评点传世。若不算《四库全书总目》,纪昀的学问基本限于诗学,尤其是试帖诗学,他在这方面的著述有《唐人试律说》《庚辰集》《我法集》三种,奠定了清代试帖诗学的基础,历来为士人所重。但要说纪昀学问之广博,仅论试帖诗学绝不足以尽其所蕴，甚至就其诗学通盘考论也只触及冰山一角。

乾隆五十八年（1793）七月，古稀之年的纪昀如此总结平生为学经历："三十以前，讲考证之学。所坐之处，典籍环绕如獭祭。三十以后，以文章与天下相驰骤，抽黄对白，恒彻夜构思。五十以后，领修秘籍，复折而讲考证。"（《姑妄听之自序》）[1]由于他的著述留传有限，学术上不易评估。今人论及他与乾嘉学术的关系，常不免夸大其学术成就及领袖地位。事实上，若就纪昀个人的学术著作看，确实也没什么特别骄人的成就。[2]他走的是一条独特的学术道路，与他平生为官多任两类职事关系密切：一是主试科举，曾两为乡试考官，六任文、武会试考官，由是格外留意举业文字；二是编纂书籍，先后出任武英殿、三通馆纂修官，方略馆总校官，功臣馆、国史馆、胜国功臣殉节录、四库全书馆总纂官，实录馆、会典馆副总裁官，职官表、八旗通志馆总裁官等。年深历久的编纂经历，让他饱览古今典籍，也对学问和著述形

---

[1] （清）纪昀著，汪贤度校点：《阅微草堂笔记》（下），上海古籍出版社1980年版，第359页。
[2] 李慈铭即言："今言四库者，尽归功于文达。然文达名博览，而于经史之学实疏，集部尤非当家。"〔（清）李慈铭著，由云龙辑：《越缦堂读书记》，上海书店出版社2000年版，第557页。〕

成一种独特的态度:"自校理秘书,纵观古今著述,知作者固已大备。后之人竭其心思、才力,要不出古人之范围。其自谓过之者,皆不知量之甚者也。故生平未尝著书。"[1]不过他的学术见解和心得都凝聚在《四库全书总目》(以下简称《四库提要》)中,后学尚镕曾"于娄郑州(谦)署中见纪文达公分修草本,其再三涂改,体例颇与此不侔"[2]。为此,历来都视《四库提要》为窥测纪昀学术思想的一个窗口。无论是纪昀本人的诗歌理论、批评,还是与《四库提要》文学思想的关系,学界都已有较充分的研究。然而,目前对纪昀诗学的评价大体不出于儒家意识形态的捍卫者和官方文艺思想的宣传者这一角色定位,未能注意到其诗学话语背后的特定语境及他对儒家正统诗学的重新诠释和改造。

一、"酌中"的学术理念

据纪昀自述,他的文学兴趣主要集中在三十至五十岁之

---

1 (清)陈鹤:《纪文达公遗集序》,载《纪晓岚文集》(第3册),河北教育出版社1991年版,第729页。
2 (清)尚镕:《赠萧公子序》,载《持雅堂文集》卷三,清道光刊《持雅堂全集》本。

间，其中对诗学尤为用功。虽然他对诗学的投入，于前贤未必能及许学夷、王渔洋，在后学中未必过于方东树、陈衍，但他的诗学和诗歌批评在形式上却颇有一些独到的尝试。比如在小说中托鬼魅之口批评诗歌，日本学者吉川幸次郎已注意到[1]；还有在乡、会试策问中一再以诗学史问题试士，如《嘉庆壬戌会试策问五道》最后一道，在简单回溯诗文批评的历史后，历举批评史上若干著名公案，让应试举人持平判断。朱东润由此论定"晓岚对于文学批评之贡献，最大者在其对于此科，独具史的概念"[2]，方孝岳也认为《四库提要》设"诗文评"类是中国文学批评有系统的标志[3]。但纪昀诗学中更值得注意的，也是对嘉、道以后的诗学影响更大的，我认为是"酌中"亦即折中的学术理念。这一点学界不是没有注意到，张健《清代诗学研究》已指出："纪昀的诗学带有非常突出的折中特性，情与理，儒与道、佛，传统与新变，这些在他的诗学中都处于一种对立、统一状态，这种折中态度使得他的诗学具有较强的包容

---

1 [日]吉川幸次郎：《清雍乾诗说》，载《吉川幸次郎遗稿集》（第3卷），（日本）筑摩书房1995年版，第419页。
2 朱东润：《中国文学批评史大纲》，上海古籍出版社2005年版，第323页。
3 方孝岳：《中国文学批评》，生活·读书·新知三联书店1986年版，第4页。

性。"[1]但作为体现这种理念的话语形态及具体的理论展开，还需要细致梳理。

长年编纂书籍的体会及撰写、删定《四库提要》的经历，逐渐形成他被后世称为"四库提要派"的学术特征，即讨论问题立足于折中群言的平允立场。阮元非常精当地概括为："盖公之学在于辨汉、宋儒术之是非，析诗文流派之正伪。"[2]《嘉庆丙辰会试策问五道》第三道，即向学人提出了折中新安学派与永嘉学派之得失、"平心而决从违"[3]的要求；而第五道问古代诗歌史的一些问题，更直接宣示了一种"酌中"的理念：

> 齐、梁绮靡，去李、杜远甚，而杜甫以阴铿比李白，又自称颇学阴、何，其故何也？苏、黄为元祐大宗，元好问《论诗绝句》指为"沧海横流"，其故又何也？王、孟清音，惟求妙悟，于美刺无关，而论者谓之上乘；元、白讽喻，源出变雅，有益劝惩，而论者谓之落言诠、涉理路。

---

[1] 张健：《清代诗学研究》，北京大学出版社1999年版，第604页。
[2] （清）阮元：《纪文达公遗集序》，载《纪晓岚文集》（第3册），河北教育出版社1991年版，第727页。
[3] （清）纪昀：《纪晓岚文集》（第1册），河北教育出版社1991年版，第270页。

然欤？否欤？《击壤》流为《濂洛风雅》，是不入诗格者也，然据理而谈，亦无以难之；《昌谷集》流为《铁崖乐府》，是破坏诗律者也，然嗜奇者众，亦不废之。何以救其弊欤？北地、信阳以摹拟汉、唐流为肤滥，然因此禁学汉、唐，是尽偭古人之规矩也；公安、竟陵以荜甲新意流为纤佻，然因此恶生新意，是锢天下之性灵也。又何以酌其中欤？[1]

这里的"酌其中"是纪昀笔下一再出现的关键词[2]，也是他折中立场的集中表现。它本是很古老的传统学术理念，贯穿于刘勰的文学理论和批评中[3]，但重新为纪昀运用，却与特定的文学语境有关，那就是明代以来文坛充斥的门户之见。纪昀对此深恶痛绝，为朝鲜诗人洪汉师作《耳溪集序》，曾慨叹："文章

---

1 （清）纪昀：《纪晓岚文集》（第1册），河北教育出版社1991年版，第271页。
2 纪昀《云林诗钞序》："李、杜、韩、苏诸集岂无艳体，然不至如晚唐人诗之纤且袭也。酌乎其中，知必有道焉。"[《纪晓岚文集》（第1册），第199页。]《书韩致尧翰林集后》："就短取长，而纤靡、鄙野之习则已去太、去甚焉，庶几乎酌中之制耳。"[《纪晓岚文集》（第1册），第251页。]
3 参见周勋初《刘勰的主要研究方法——折衷说述评》，载《古代文学理论研究丛刊》（第11辑），上海古籍出版社1985年版。

之患莫大乎门户!"[1]《瀛奎律髓刊误》更一再指摘方回党援门户的习气,而平章前人出于门户之见的偏颇见解也成为他批评的重心所在。他自己持论则出入于神韵、格调、性灵之间,气格与声调兼求,才情与学问并重。《清艳堂诗序》提出:"善为诗者,其思浚发于性灵,其意陶熔于学问。"[2] 评崔涂《旅舍别故人》又说:"诗论神韵,不在字句。"[3]《赋得镜花水月》《题法时帆祭酒诗龛图》两诗也颇赞扬严羽的妙悟[4],但实际评论中又多从字句讲求格调,格、调二字连用或分用,随处可见;并说"诗未有不用功者,功深则兴象超妙,痕迹自融耳"(梅尧臣《春寒》评)[5],这又表明兴象超妙最终仍落实于字句功夫,显示出折中神韵、格调的倾向。对待批评史上的一些纷争,如二冯对宋调的拒斥,冯班对严羽的抨击,《南齐书》《诗品》对谢朓的评价,王渔洋与赵执信论诗之分歧,有关李商隐《无题》

---

[1] (清)纪昀:《纪晓岚文集》(第1册),河北教育出版社1991年版,第213页。
[2] (清)纪昀:《纪晓岚文集》(第1册),河北教育出版社1991年版,第202页。
[3] (元)方回选评,李庆甲集评校点:《瀛奎律髓汇评》(中),上海古籍出版社1986年版,第1050页。
[4] (清)纪昀:《纪晓岚文集》(第1册),河北教育出版社1991年版,第646、553页。
[5] (元)方回选评,李庆甲集评校点:《瀛奎律髓汇评》(上),上海古籍出版社1986年版,第344页。

的争议，等等，纪昀都能平心折中其得失，给出较为公允的论断。

纪昀主于折中的立场也体现在具体作家批评和作品评点中。针对前人论陈师道"誉者务掩其所短，毁者并没其所长"的分歧，他特别选编陈师道诗文为《后山集钞》，序言逐体评价后山诗得失，又推崇其文章"简严密栗，可参置于昌黎、半山之间"，欲论者"核其是非短长之实，勿徒以门户诟争，哄然佐斗"[1]。《瀛奎律髓刊误》的评点同样贯穿着平章旧说的精神，有关张九龄、孟郊、黄庭坚诗歌的评价都对前人的评价加以商榷。书中对方回的见识少所许可，虽然方回言之有理处他也会表示赞同，但终究是驳正处多。如方回评杜荀鹤《经废宅》云："荀鹤诗首首相似，定是颔联作一串，颈联体物。"纪昀补充道："晚唐习径如是，不但荀鹤也。"[2] 非常中肯。宋祁《长安道中怅然作三首》，虞山派诗家都喜其有西昆之风，冯舒称"所谓西昆体者如此，真高妙"，陆贻典称"西昆本于

---

1 （清）纪昀：《后山集钞序》，载《纪晓岚文集》（第1册），河北教育出版社1991年版，第185页。
2 （元）方回选评，李庆甲集评校点：《瀛奎律髓汇评》（上），上海古籍出版社1986年版，第88页。

温、李，此三首尤似义山学杜"。纪昀的看法则殊有不同："三诗俱有杜意，冯氏引为西昆体，以张其军。宋公固西昆派，此三诗则非西昆体也。"[1]对纪昀批评与前人见解的差互，后人往往左袒纪昀。[2]如门人梁章钜《退庵随笔》云："方虚谷氏《瀛奎律髓》一书，行世已久，学诗者颇奉为典型。吴孟举至悬诸家塾以为的。海虞冯氏尝有批本，方氏左袒江西，冯氏又左袒晚唐，负气诟争，矫枉过正，亦未免转惑后人。若非得纪师批本，则谬种蔓延，何所底止？"[3]后来钱泰吉论及《瀛奎律髓刊误》，也肯定"此评于虚谷、二冯间多持平之论"[4]。所谓"持平之论"，当然不是无原则的调停，各打五十大板，而是在理解前人言说的前提下做出平允而有诠释意义的评价。比如方回沿

---

1 （元）方回选评，李庆甲集评校点：《瀛奎律髓汇评》（上），上海古籍出版社1986年版，第92页。
2 也有菲薄纪昀评点的，如钱振锽云："论诗系翰苑见解，所评虚谷《瀛奎律髓》，两人不通人争执耳，无谓无谓。"[钱振锽：《星影楼壬辰以前存稿·诗说》，清光绪十八年（1892）刊本。]
3 （清）梁章钜：《退庵随笔》，载郭绍虞编选，富寿荪校点《清诗话续编》（第3册），上海古籍出版社1983年版，第1989页。
4 （清）钱泰吉：《甘泉乡人稿》（卷六），清同治十一年（1872）刊本。

袭周弼《唐诗三体家法》的虚实说[1]，常讲中两联前景后情，评杜甫《登岳阳楼》曰："中两联，前言景，后言情，乃诗之一体也。"冯班斥之为"小儿家见解"，"全是执己见以强缚古人，以古人无碍之才、圆通因变之学，曲合于拘方板腐之辈，吾见其愈议论而愈多其戾耳"。[2] 纪昀虽总体上认可冯班的评断，但同时指出他未理解方回的用心："晚唐诗多以中四句言景，而首尾言情，虚谷欲力破此习，故屡提倡此说。冯氏讥之，未尝不是，但未悉其矫枉之苦心，而徒与庄论耳。"[3] 如此看问题，比简单地讥斥其拘滞显然更有深度。可以说，作为学者和批评家的纪昀，无论平章学术还是品论诗文，都是他自己在《爱鼎堂遗集序》中赞赏的那种"不沿颓敝之习，亦不欲党同伐异，启门户之争，孑然独立，自为一家，以待后人之论定"[4]的人。这是我们评价纪昀诗歌观念首先必须注意的。

---

1 方回多次引周弼此书，有批评有因袭，参见陈斐《南宋唐诗选本与诗学考论》（大象出版社2013年版）第三章第五节"周弼及其《唐诗三体家法》的诗学观"和第七节"从《唐诗三体家法》的诗法看晚宋江湖诗"。
2 （元）方回选评，李庆甲集评校点：《瀛奎律髓汇评》（上），上海古籍出版社1986年版，第6页。
3 （元）方回选评，李庆甲集评校点：《瀛奎律髓汇评》（上），上海古籍出版社1986年版，第8页。
4 （清）纪昀：《纪晓岚文集》（第1册），河北教育出版社1991年版，第188页。

折中的另一面其实就是包容和开放。纪昀曾自述其学诗取径:"余初学诗从《玉溪集》入,后颇涉猎于苏、黄,于江西宗派亦略窥涯涘。尝有场屋为余驳放者,谓余诋諆江西派。意在煽构,闻者惑焉。及余所编《四库书总目》出,始知所传为蜚语,群疑乃释。"[1] 唯其具有包容、开放的胸襟,故能对前代诗学资源有更丰富的汲取,获致更深广的理解与认识,并常借诗序发表一些高屋建瓴的诗史通论,或对诗学中一些原理问题加以阐发。如《挹绿轩诗集序》写道:

> 《书》称"诗言志",《论语》称"思无邪",子夏《诗序》兼括其旨曰"发乎情,止乎礼义",诗之本旨尽是矣。其间触目起兴,借物寓怀,如"杨柳""雨雪"之类,为后人所长吟而远想者,情景之相生,天然凑泊,无非"六义"之根柢也。然风会所趣,质文递变,于是乎咏物之作起于建安,游览之篇沿于典午,至陶、谢而标其宗,至王、孟、韦、柳而参其妙,至苏、黄而极其变。自唐至

---

[1] (清)纪昀:《二樟诗钞序》,载《纪晓岚文集》(第1册),河北教育出版社1991年版,第200页。

今，传为诗学之正脉，不复能全宗《三百篇》矣。饴山老人作《谈龙录》，力主"诗中有人"之说，固不为无见，要其冥心妙悟，兴象玲珑，情景交融，有余不尽之致，超然于畦封之外者，沧浪所论与风人之旨，固未尝背驰也。[1]

这里非但将中国诗歌传统的嬗变梳理出清楚的脉络，而且肯定变化的合理性，将"诗中有人"的主体精神与情景交融的审美特征相结合而不偏废，从内容和表现两方面对中国诗歌的艺术传统做了很全面的说明。如此通达的见地，不光需要见识，也要具备平允、折中的学术态度。

从包容和开放的意义上说，折中也就是融通，意味着不执着于某种观念。的确，如果不通盘认识纪昀的诗学而只看某些议论，我们甚至会觉得他持论很接近袁枚，也总是在破除那些执着于一端的诗家常谈。比如，关于诗歌内容，他曾指出："际遇不同，悲愉自异。必矫语隐逸之乐，乃为诗家之

---

[1] （清）纪昀：《纪晓岚文集》（第1册），河北教育出版社1991年版，第204页。"无非'六义'之根柢也"，"无"字原脱，据刊本补。

正声，则《三百篇》愁怨之作皆将黜为外道乎？"[1]关于师法途径，他断言："盛唐、晚唐各有佳处，各有其不佳处。必谓五律当学某，七律当学某，说定板法，便是英雄欺人。"[2]关于周弼论情景提出的四实、四虚之说，他认为："四实、四虚之说固拘，必不主四实、四虚之说亦拘。诗不能专主一格，亦不能专废一格。"[3]关于诗中的情景关系，方回评杜甫《因许八奉寄江宁旻上人》说："看前辈诗，不专于景上观，当于无景言情处观。"纪昀按："虚谷此评，对晚唐装点言之，不为无见。然诗家之妙，情景交融，必欲无景言情，又是一重滞相。"[4]评陈师道《别负山居士》又提到："晚唐诗敷衍景物，固是陋格。如以不黏景物为高，亦是僻见。古人诗不如此论。"[5]凡此种种，乍一看也都是在破除那些传统观念，但骨子里思想方法是不同

---

[1] （元）方回选评，李庆甲集评校点：《瀛奎律髓汇评》（下），上海古籍出版社1986年版，第1627页。
[2] （元）方回选评，李庆甲集评校点：《瀛奎律髓汇评》（下），上海古籍出版社1986年版，第1735页。
[3] （元）方回选评，李庆甲集评校点：《瀛奎律髓汇评》（下），上海古籍出版社1986年版，第1626页。
[4] （元）方回选评，李庆甲集评校点：《瀛奎律髓汇评》（下），上海古籍出版社1986年版，第1736页。
[5] （元）方回选评，李庆甲集评校点：《瀛奎律髓汇评》（中），上海古籍出版社1986年版，第1113页。

的。袁枚的思维方式有点接近佛家的"中道"观，要破除一切观念的绝对性，往往两可而不执着于一端；纪昀的思维方式则仍是儒家的中庸之道，往往是两不可而取其中行，所谓"酌乎中"本旨正在这里。于是相对于袁枚诗学的破而不立，纪昀的诗学就显得既要破又要立。这不仅使他清楚地与性灵派区别开来，同时也明白烙上格调派的印记。当代学者认定"其诗论主张务在折中，不仅反映了他个人对文学的认识，而且作为官方的文艺标准表现在《四库全书总目提要》的论述之中，其基本的主张与沈德潜较为接近，故归入沈氏一派"[1]，颇得要领。

其实，纪昀的正统观念早已预示了他论诗的格调派立场，格调派与正统观念天生就是孪生兄弟，其基本倾向都在于建立并恪守某种既定的审美理想、价值标准和艺术目标。当性灵诗学解构掉传统诗学几乎所有的价值观念和写作规则后，最后退守的底线只有三点——"新""真"和"切"。[2] "新"指向独创性，"真"指向作者意图表达的自主性，"切"指向作品艺术表

---

[1] 王运熙、顾易生主编：《中国文学批评史·清代卷》，上海古籍出版社1996年版，第429—430页。
[2] 关于这个问题，参见蒋寅《袁枚性灵诗学的解构倾向》(《文学评论》2013年第2期)的论述。

现的精致度。对性灵派诗人来说，诗歌写作具备这三点就足够了。然而从纪昀的格调派观念来看，"新"在很多时候根本就没有价值。魏仲先《冬日书事》纪评："三、四刻意求新，然无格也。"[1]"格"在此是优先于"新"的要素。赵昌父《次韵叶德璋见示》纪评："真力不足，而欲出奇以求新，势必至此。"[2]"真"在此也是优先于"新"的要素。然而"真"同样只是创作成功的必要条件，而不是充分条件。白居易《小岁日喜谈氏外孙女孩满月》一诗纪昀评："直写真情，尚不涉俚。语华而情伪，非也；情真而语鄙，亦非也。"[3]可见"真"也不能保证诗一定好。纪昀评白居易《过元家履信宅》"情真而格调太卑，五句尤俚"[4]，《喜敏中及第偶示所怀》"自是真语，然格

---

[1]（元）方回选评，李庆甲集评校点：《瀛奎律髓汇评》（上），上海古籍出版社1986年版，第476页。
[2]（元）方回选评，李庆甲集评校点：《瀛奎律髓汇评》（上），上海古籍出版社1986年版，第498页。
[3]（元）方回选评，李庆甲集评校点：《瀛奎律髓汇评》（下），上海古籍出版社1986年版，第1477页。
[4]（元）方回选评，李庆甲集评校点：《瀛奎律髓汇评》（下），上海古籍出版社1986年版，第1805页。

力卑靡太甚"[1],张籍《游襄阳山寺》"三、四真语,然不佳"[2],杜荀鹤《南游有感》"三、四语真而格卑"[3],陆游《戏遣老怀》"自是真语,然亦太尽"[4],姚合《过天津桥晴望》"五句是真景,然小样"[5],项斯《边游》"六句景真而语纤"[6],马戴《塞下曲》"五句景真语拙"[7],张蠙《宿山寺》"三、四真景而语不工"[8],贺铸《丙寅舟次宋城作》"四句真景,然不成语"[9],唐子西《江涨》"四句景真而语俚"[10],王建《县丞厅即事》"三、四境真语

---

[1] (元)方回选评,李庆甲集评校点:《瀛奎律髓汇评》(下),上海古籍出版社1986年版,第1473页。
[2] (元)方回选评,李庆甲集评校点:《瀛奎律髓汇评》(下),上海古籍出版社1986年版,第1652页。
[3] (元)方回选评,李庆甲集评校点:《瀛奎律髓汇评》(上),上海古籍出版社1986年版,第89页。
[4] (元)方回选评,李庆甲集评校点:《瀛奎律髓汇评》(上),上海古籍出版社1986年版,第317页。
[5] (元)方回选评,李庆甲集评校点:《瀛奎律髓汇评》(下),上海古籍出版社1986年版,第1389页。
[6] (元)方回选评,李庆甲集评校点:《瀛奎律髓汇评》(下),上海古籍出版社1986年版,第1326页。
[7] (元)方回选评,李庆甲集评校点:《瀛奎律髓汇评》(下),上海古籍出版社1986年版,第1319页。
[8] (元)方回选评,李庆甲集评校点:《瀛奎律髓汇评》(下),上海古籍出版社1986年版,第1673页。
[9] (元)方回选评,李庆甲集评校点:《瀛奎律髓汇评》(中),上海古籍出版社1986年版,第590页。
[10] (元)方回选评,李庆甲集评校点:《瀛奎律髓汇评》(中),上海古籍出版社1986年版,第672页。

鄙"[1]。可见，即便是真情、真语、真景、真境，也不能保证不流于鄙俚、卑靡、纤拙、直露和小家子气。再看"切"，他首先就用事强调："凡用事不切，不如不用；切而不雅，亦不如不用。"[2]方回评杜荀鹤《旅泊遇郡中叛乱示同志》诗云："不经世乱，不知此诗之切。虽粗厉，亦可取。"纪昀很不以为然，说："但取其切，则无语不可入诗矣。"[3]方回评杜荀鹤《山中寡妇》结句"也应无计避征徭""语俗似诨，却切"，纪昀又驳道："虽切而太尽，便非诗人之致。"[4]又评苏舜钦《春睡》"身如蝉蜕一榻上，梦似杨花千里飞"一联"三、四极切，亦有意境，而终觉不佳"[5]。如此看来，"切"虽有精当、准确的优长，却也不能完全避免粗粝、直露的缺点。甚至性灵派指称完成度的概念"工"，在纪昀诗学中也不是完全正价的概念。王

---

[1]（元）方回选评，李庆甲集评校点：《瀛奎律髓汇评》（上），上海古籍出版社1986年版，第249页。

[2]（元）方回选评，李庆甲集评校点：《瀛奎律髓汇评》（下），上海古籍出版社1986年版，第1605页。

[3]（元）方回选评，李庆甲集评校点：《瀛奎律髓汇评》（下），上海古籍出版社1986年版，第1363页。

[4]（元）方回选评，李庆甲集评校点：《瀛奎律髓汇评》（下），上海古籍出版社1986年版，第1362页。

[5]（元）方回选评，李庆甲集评校点：《瀛奎律髓汇评》（上），上海古籍出版社1986年版，第370页。

安石《次韵平甫金山会宿寄亲友》诗，纪昀认为"三句意工而语拙"[1]。由此可见，相对"意"而言，纪昀更重视"语"，在"语"之上还有"格调"。这不清楚地表明了纪昀格调派的批评立场吗？当然，应该说是比较开放和包容的格调派。事实上，经过沈德潜改造的格调派，本来就具有了包容的品格。在这一点上，纪昀诗学也可以说是与沈德潜一脉相承的。但在此更值得我们注意的，不是纪昀对沈德潜格调论的继承，而是其对正统观念的发扬。

二、对儒家传统诗学话语的重描

纪昀不仅以《四库全书》总纂官的身份获得崇高的学术地位，更以《四库提要》的扎实、通达赢得学林真诚的尊崇，他的诗学也由此备受诗坛瞩目。前人认为纪昀诗学有两大贡献："厘正文体，辨别诗律，化襞积、堆垛之习，一归于清真、雅正；有专集以评藻前修，出绪余以津逮后学，岂非炳然一代文

---

[1] （元）方回选评，李庆甲集评校点:《瀛奎律髓汇评》（上），上海古籍出版社1986年版，第35页。

章之府乎？"[1]前一层意思说正本清源，为诗坛树立典范，指明正路；后一层意思说，承前启后，总结历史经验，引导初学。这两方面基本概括了纪昀诗学的业绩和影响，而前一方面似乎更为当时看重。道光间李兆元即认为："纪文达公校定《四库全书》，所见既广于前人，所论诗法源流，靡不究悉。故其文集中为人所作诸诗序，皆能辨别源流，指陈得失，直可作先生诗话观。"[2]

乾隆诗坛可以说是空前热闹，其盛况甚至超过康熙诗坛，不过一个令人窘涩的事实也日益暴露出来：虽然诗人众多，但真正杰出的诗人却很少，于是热闹中又不可避免地显现一种平庸。除了袁枚这种以编撰诗话渔利的角色，一般诗论家或多或少都对诗坛现状感到不满。朱琰曾说乾隆间诗有两种俗体：一是为考试起见，读试帖，作排律，如剪彩刻绘，全无生趣；一是为应酬起见，翻类书，用故事，如记里点鬼，绝少性情。[3]应试习诗和世俗应酬毕竟是等而下之的底层写作，那些基于特

---

1 （清）白熔：《纪文达公遗集序》，载《纪文达公文集》（卷首），清嘉庆十七年（1812）刊本。
2 （清）李兆元：《十二笔舫斋杂录》（卷八），清道光二年（1822）刊本。
3 （清）朱琰批点：《唐诗别裁集》，转引自（清）陆元鋐《青芙蓉阁诗话》，国家图书馆藏清稿本。

定艺术观念的王渔洋神韵诗风、沈德潜格调诗风、新兴的性灵诗风以及高密诗派的中唐诗风所导致的流弊，才是诗坛更为忧虑的问题。于是格调派看到流荡淫靡，性灵派看到虚假板滞，学究派看到平易浅薄，高密派看到浮华空洞……这些诗风的兴起和蔓延主要都在乾隆二三十年前后。自乾隆十五年（1750）沈德潜告老还乡后，始终在翰林任职、处于京师学术文学中心的纪昀被推到维护风雅正统的教主位置上。

纪昀平生自命为恪守古典传统之士，与朝鲜洪汉师（耳溪）书尝表示："昀才钝学疏，本未窥作者之门径，徒以闻诸师友者，谓文章一道传自古人，自应守古人之规矩，可以神而明之，不可以偭而改之。是以暖暖姝姝，守一先生之言，不欲以侧调么弦新声别奏。"[1] 此所谓"守古人之规矩"应包括儒家观念和文学传统两个方面，可以视为其平生论文宗旨，也是"酌乎中"的基点。《瀛奎律髓刊误》对方回以降的评论家少所许可，而独推崇沈德潜一人。张祜《金山寺》向来论者都赞不绝口，纪昀独举"沈归愚谓此诗庸下，所见最高。末二句殆

---

[1] （清）纪昀:《纪晓岚文集》(第1册)，河北教育出版社1991年版，第275页。

不成语"[1]。评雍陶《崔少府池鹭》又云:"此诗及郑谷《鹧鸪》、崔珏《鸳鸯》,皆词意凡近,而格调卑靡。虽以此得名,要是流俗之论,非作者之定评也。沈归愚宗伯始力排之,其论甚伟。"[2] 由此不难逆料纪昀论诗倾向于沈德潜的正统派和格调派一路。

作为乾嘉间政治地位最高的汉族文人,拥有比沈德潜更荣耀的履历和官职,纪昀论诗文秉持正统观念是很自然的事。虽然不曾点名道姓地指斥,但当时诗坛各派的流弊他都很清楚,并一一提出针锋相对的主张,这历来并未受到注意,因为这些主张都隐含在具体的作品评点中。

首先是针对神韵派末流的浮泛空洞,持论必归于言之有物。评王安石《登大茅山顶》一诗,极肯定"其言有物,必如是乃非空腔",并主张"凡初学为诗,须先有把握,稍涉论宗亦未妨,久而兴象深微,自能融化痕迹。若入手但流连光景,自诧王孟清音、韦柳嫡派,成一种滑调,即终身不可救药

---

[1] (清)方回选评,李庆甲集评校点:《瀛奎律髓汇评》(上),上海古籍出版社1986年版,第14页。

[2] (清)方回选评,李庆甲集评校点:《瀛奎律髓汇评》(中),上海古籍出版社1986年版,第1181页。

矣"。[1]许印芳敏锐地看出,"此说盖为近代学渔洋神韵流为空滑者痛下针砭,虽为一时流弊而发,实至当不易之论,学诗者宜书诸绅"[2]。此言可与《瀛奎律髓》"怀古类"小序纪昀评"此序见解颇高,可破近人流连光景、自矜神韵之习"[3]互相印证。

其次是针对性灵派的浅薄油滑,重新厘清性灵与性情的关系。纪昀的一生大体与性灵诗风相终始,举世风靡的性灵诗风他不可能无所知觉。在《冰瓯草序》中他首先肯定:"举日星河岳,草秀珍舒,鸟啼花放,有触乎情,即可以宕其性灵。是诗本乎性情者然也,而究非性情之至也。"[4]这就将性灵定位为灵感,与性情相比处于较次要的位置。然后他又抽去性灵派"性情"概念的自然属性,宣称:"夫在天为道,在人为性,性动为情,情之至由于性之至,至性至情,不过本天而动。而天下之凡有性情者,相与感发于不自知,咏叹于不容已,于此

---

[1] (清)方回选评,李庆甲集评校点:《瀛奎律髓汇评》(上),上海古籍出版社1986年版,第31页。
[2] (清)方回选评,李庆甲集评校点:《瀛奎律髓汇评》(上),上海古籍出版社1986年版,第31页。
[3] (清)方回选评,李庆甲集评校点:《瀛奎律髓汇评》(上),上海古籍出版社1986年版,第78页。
[4] (清)纪昀:《纪晓岚文集》(第1册),河北教育出版社1991年版,第186页。

见性情之所通者大,而其机自有真也。"[1]由于这里"本天而动"的天不是自然之天性,而是天道,所谓至情之性便具有了天赋的伦理属性,甚至可以说"彼至情至性,充塞于两间、蟠际不可澌灭者,孰有过于忠孝节义哉"[2]!在他看来,这种与儒家伦理相一致的至情至性正是诗的本原。《书韩致尧翰林集后》论韩偓诗云:"致尧诗格,不能出五代诸人上,有所寄托,亦多浅露。然而,当其合处,遂欲上躏玉溪、樊川,而下与江东相倚轧,则以忠义之气发乎情而见乎词,遂能风骨内生,声光外溢,足以振其纤靡耳。然则诗之原本不从可识哉!"[3]然而问题在于后人往往看不到这一点,以致流于表面化:"晚唐诗但知点缀景物,故宋人矫之,以本色为工。然此非有真气力,则才薄者浅弱,才大者粗野,初学易成油滑,老手亦致颓唐,不可不慎也。"[4]这应该是针对性灵派末流的浅薄油滑而言,如果说神韵派的流弊是流连光景而乏真性深情,那么性灵派的流弊则

---

1 (清)纪昀:《纪晓岚文集》(第1册),河北教育出版社1991年版,第186—187页。
2 (清)纪昀:《纪晓岚文集》(第1册),河北教育出版社1991年版,第187页。
3 (清)纪昀:《纪晓岚文集》(第1册),河北教育出版社1991年版,第251页。
4 (清)方回选评,李庆甲集评校点:《瀛奎律髓汇评》(上),上海古籍出版社1986年版,第360页。

是沉溺于浅俗之情而无高情至性。

再次是针对高密派的矫激、怨怼，重申温柔、敦厚的诗教。纪昀评方干《赠喻凫》诗曾提到："矫语孤高之派，始自中唐，而盛于晚唐。由汉魏以逮盛唐，诗人无此习气也。盖世降而才愈薄，内不足者不得不嚣张其外。"[1]当时大力提倡中唐诗的高密诗派，论诗倾向正是矫语孤高，尤其推崇韩孟、姚贾的奇崛、瘦硬之风，这种艺术倾向显然不是纪昀所喜好的。他在《俭重堂诗序》中曾感叹："夫欢愉之辞难工，愁苦之音易好，论诗家成习语矣。然以龌龊之胸，贮穷愁之气，上者不过寒瘦之词，下而至于琐屑寒乞，无所不至，其为好也亦仅。甚至激忿、牢骚，怼及君父，裂名教之防者有矣。兴观群怨之旨，彼且乌识哉？"[2]高密诗派虽不至于灭裂名教，但对沈德潜以"诗教"训人极为不满[3]，且偏爱寒瘦之词，却是事实。纪昀对"穷愁之气""激忿牢骚"的批评明显是针对这种倾向而言。

---

[1]（清）方回选评，李庆甲集评校点：《瀛奎律髓汇评》（下），上海古籍出版社1986年版，第1495页。

[2]（清）纪昀：《纪晓岚文集》（第1册），河北教育出版社1991年版，第186页。

[3] 袁枚《答李少鹤书》提到："来札忧近今诗教，有以'温柔敦厚'四字训人者，遂致流为卑靡庸琐，属老人起而共挽之。"[王英志主编：《袁枚全集》（第5册），江苏古籍出版社1993年版，第169—170页。]即指沈德潜而言。参见蒋寅《高密诗学的理论品格及其批评实践》（《岭南学报》2016年第3期）。

不仅如此，其《月山诗集序》还提到："三古以来，放逐之臣、黄馘牖下之士，不知其凡几；其托诗以抒哀怨者，亦不知其凡几。平心而论，要当以不涉怨尤之怀，不伤忠孝之旨，为诗之正轨。昌黎《送孟东野序》称'不得其平则鸣'，乃一时有激之言，非笃论也。"[1] 韩愈的"不平则鸣"之说，因概括了诗歌创作的一种普遍状态，赢得后人广泛赞同，但纪昀却认为这只是韩愈一时有感而发，不足为定论。由此表明了他有意排斥"诗可以怨"的精神，单纯崇尚清真、雅正之音的终极立场。

"不平则鸣"向来是与"穷而后工"之说相联系的，纪昀既然否定了前者的绝对性，对后者自然也不无保留：

> 诗必穷而后工，殆不然乎？上下二千年间，宏篇巨制，岂皆出山泽之癯耶？然谓穷而后工者，亦自有说。夫通声气者骛标榜，居富贵者多酬应，其间为文造情，殆亦不少；自不及闲居恬适，能翛然自抒其胸臆，亦势使然矣。惟是文章如面，各肖其人。同一坎坷不偶，其心狭隘而刺促，则其词亦忧郁而愤激。"东野穷愁死不休，高天厚地一诗

---

[1] （清）纪昀：《纪晓岚文集》(第1册)，河北教育出版社1991年版，第196页。

囚",遗山所论,未尝不中其失也。其心淡泊而宁静,则其词洒脱轶俗,自成山水之清音。元次山《箧中》一集,品在令狐楚《御览诗》上,前人固有定论矣。[1]

这等于是给穷而后工的命题附加了一个条件,即穷者只有超脱于穷通的意识才有工的可能。就像《月山诗集》的作者恒仁,贵为宗室,"其寄怀夷旷,如春气盎盎,而草长莺飞,水流花放,以为别有自得之乐,不复与宠辱为缘者,而固命途坎壈、盛年坐废者也。此其所见为何如,所养为何如耶?斯真穷而后工,又能不累于穷,不以酸恻、激烈为工者。温柔敦厚之教,其是之谓乎?"[2]《俭重堂诗序》也称伯父迈宜(偲亭)"以不可一世之才,困顿偃蹇,感激豪宕,而不乖乎温柔敦厚之正,可谓发乎情、止乎礼义者矣。穷而后工,斯其人哉"[3]!再看《云林诗钞序》《袁清悫公诗集序》《鹳井集序》《二樟诗钞序》《鹤街诗稿序》《诗教堂诗集序》,令人惊讶的是,纪昀的诗序几乎都以温柔敦厚之旨称许作者。诗评也以此为裁量作

---

1 (清)纪昀:《纪晓岚文集》(第1册),河北教育出版社1991年版,第195页。
2 (清)纪昀:《纪晓岚文集》(第1册),河北教育出版社1991年版,第195页。
3 (清)纪昀:《纪晓岚文集》(第1册),河北教育出版社1991年版,第186页。

者的重要标准,如评罗隐《曲江有感》"在晚唐颇见风格,惟出语太激,非温柔敦厚之教"[1],评苏轼《送曾子固倅越得燕字》"愤激太甚,宜其招尤,即以诗品论,亦殊乖温厚之旨"[2],显出一种执拗地要以诗教来规范诗歌的态度,格外引人注目。[3] 联系到乾隆后期性灵诗风对正统观念的猛烈冲击,高密诗派对沈德潜"以'温柔敦厚'四字训人"的厌薄抨击,乃至于袁枚宣称"孔子论诗可信者,兴观群怨也;不可信者,温柔敦厚"的耸人听闻之说[4],我们不难体会纪昀刻意强调诗教所寄予的深心。当代研究者或将此理解为"纪昀立身于儒家传统价值再度被重视的时代"的结果[5],我的看法正好相反。当一种价值需要

---

[1] (清)方回选评,李庆甲集评校点:《瀛奎律髓汇评》(上),上海古籍出版社1986年版,第121页。

[2] 曾枣庄主编:《苏诗汇评》(上),四川文艺出版社2000年版,第178页。

[3] 杨桂芬《纪昀诗学理论研究》(硕士学位论文,台湾中山大学,2001年)第二章"纪昀以儒家正统诗学为体的诗学理论"即分论温柔敦厚、知人论世、以意逆志三个问题;杨子彦《纪昀文学思想研究》(中国社会科学出版社2015年版)第二章"正:纪昀的诗学观"也讨论了纪昀对儒家诗教观的重新诠释。

[4] (清)袁枚:《再答李少鹤尺牍》,载《袁枚全集》(第5册),江苏古籍出版社1993年版,第206页。

[5] 杨桂芬《纪昀诗学理论研究》(硕士学位论文,台湾中山大学,2001年)第二章"纪昀以儒家正统诗学为体的诗学理论"即分论温柔敦厚、知人论世、以意逆志三个问题;杨子彦《纪昀文学思想研究》(中国社会科学出版社2015年版)第二章"正:纪昀的诗学观"也讨论了纪昀对儒家诗教观的重新诠释。

刻意强调的时候，通常意味着它正在丧失自己的身份及意义。诗教的坠落在沈德潜的时代还不是问题，所以他也不需要刻意强调，而到纪昀的时代，这已是摆在他面前的严峻现实。作为身居庙堂最高位置的汉族文化官员、汉学阵营的领袖人物、儒家正统观念的承传者，维护诗教是他义不容辞的责任。只不过他没有用口号式的激烈言辞来表达这种信念，而是诉诸理论阐述和历史回溯，将自己的观念表达为言之有理同时又持之有故的价值主张而已，顾炎武"鉴往训今"的学术理念在其中仍清晰可辨[1]。这正是清代诗学最突出的学术特征。

只要读一读《纪晓岚文集》卷九所收的诗序，就可以清楚地看到，纪昀持论都立足于儒家诗论的传统话语，带有强烈的回归儒家经典的返本意向，但绝非原教旨主义的，而是在折中的基础上加以改造、发挥。诗教本是儒家诗学的核心观念，向来被论诗者奉为圭臬，清初以来更被学者从多种角度做了大量的阐释和发挥。[2] 唯其如此，治丝益棼，多歧亡羊，其本旨反

---

[1] 关于顾炎武"鉴往训今"的学术理念及其对清代诗学的影响，参见蒋寅《顾炎武的诗学史意义》，《南开学报》2003年第1期。

[2] 参见蒋寅《清代诗学史》第1卷（中国社会科学出版社2012年版）第一章第二节"诗歌观念与传统的重整"。

而模糊不清，在纪昀看来大有返本溯源的必要。方回评王平甫《假寐》"尾句无怨言，诗人当行耳"，看似并无问题，纪昀却觉得过于简单化，指出："凡作诗人，皆知温厚之旨，而矢在弦上，牢骚之语，摇笔便来。故和平语极是平常事，却极是难事。虚谷此言未免看得轻易，由其平日论诗只讲字句，不甚探索本原。"[1] 为此他作《诗教堂诗集序》，因集名所涉顺便回顾了诗教的源流：

> 夫两汉以后，百氏争鸣，多不知诗之有教，亦多不知诗可立教。故晋、宋歧而玄谈，歧而山水，此教外别传者也，大抵与教无裨，亦无所损。齐、梁以下，变而绮丽，遂多绮罗脂粉之篇，滥觞于《玉台新咏》，而弊极于《香奁集》。风流相尚，诗教之决裂久矣。有宋诸儒起而矫之，于是《文章正宗》作于前，《濂洛风雅》起于后，借咏歌以谈道学，固不失无邪之宗旨，然不言人事而言天性，与理固无所碍，而于兴观群怨、发乎情止乎礼义者，则又大

---

[1]（清）方回选评，李庆甲集评校点：《瀛奎律髓汇评》（上），上海古籍出版社1986年版，第368页。

相径庭矣。[1]

前面的文字提到诗教，多从言说方式着眼，以文辞风格的温柔敦厚保证"政治正确"；而本文论诗教，首先着眼于人品，肯定诗"终以人品、心术为根柢，人品高则诗格高，心术正则诗体正"[2]，然后辨析诗歌史上玄言诗、山水诗、艳情诗、理学诗与诗教的关系，又突出了情志内容的正当性。这与诗教的本义是不尽吻合的，但恰好显示了纪昀诗学的折中特点。将杜甫忠爱、悱恻的伦理色彩和《诗教堂诗集》作者王敬禧不为巉岩陡绝之论、亦不为奇怪惶惑之态的风格特征统一在诗教温柔敦厚的旗帜下，同时又将它们安顿在人品、心术的基点上，这便将诗教问题纳入了儒家思想的传统理路——不是直接从道德角度对诗歌提出特定的伦理要求，而是将外在的仪礼规范内化为人性的欲求。也就是说，诗教不再是来自传统观念的约束，而是品性修养的自然结果。这对传统的诗教观念是个很大的改造，同时也是适应新的诗学语境的一个蜕变。

---

[1] （清）纪昀：《纪晓岚文集》（第1册），河北教育出版社1991年版，第209—210页。
[2] （清）纪昀：《纪晓岚文集》（第1册），河北教育出版社1991年版，第209页。

不难理解，像纪昀这么一位通达的学者，当然是不会用固执、僵化的教条来衡量诗歌的。他的正本清源工作，目的也不在于回到儒家原典，而在于通过概念的剖析、源流的梳理，弄清问题出在什么地方，以便矫枉过正。比如诗本于性情，是老生常谈的传统观念，但明清以来言人人殊。纪昀作《冰瓯草序》，首先将诗的社会意义划分为公、私两个层面："诗本性情者也。人生而有志，志发而为言，言出而成歌咏，协乎声律。其大者和其声以鸣国家之盛，次亦足抒愤写怀。"[1]从公的方面说，可以咏歌盛世太平；从私的方面说，也可以抒写一己悲欢，这就肯定了诗歌功能的两重性。既然个人情感抒写的正当性得到肯定，就带来一个如何防止自我表现走到极端的问题。若诗人"发乎情思，抒写性灵"，只言一时悲欢，而不及至情至性，忠孝节义，或只图情感表达的自主性，而不顾艺术传统和美学规则，则不陷入卑靡琐屑，便流于鄙俚怪诞。这正是诗教在文辞风格之外包括情志内容的正当性以及维护其约束力的理由。

又如《诗大序》的"发乎情、止乎礼义"，《云林诗钞序》

---

[1]（清）纪昀：《纪晓岚文集》（第1册），河北教育出版社1991年版，第186页。

由辨析诗人之诗与辞人之诗入手,反思其得失缘故。纪昀首先参照扬雄诗人之赋、辞人之赋的区分,将诗歌史自源头区分为诗人之诗与辞人之诗两派:"分支于《三百篇》者,为两汉遗音;沿波于屈、宋者,为六朝绮语。上下二千余年,刻骨镂心,千汇万状,大约皆此两派之变相耳。末流所至,一则标新领异,尽态于江西;一则抽秘骋妍,弊极于《玉台》《香奁》诸集。"[1]他认为《诗大序》"发乎情、止乎礼义"已揭示诗学的根本宗旨,怎奈后人各主一义,遂导致两种偏颇:"一则知止乎礼义,而不必其发乎情,流而为金仁山《濂洛风雅》一派,使严沧浪辈激而为不涉理路、不落言诠之论;一则知发乎情而不必其止乎礼义,自陆平原'缘情'一语引入歧途,其究乃至于绘画横陈,不诚已甚与!"只有真正伟大的作家才能避免陷落于两个极端境地,比如"陶渊明诗时有庄论,然不至如明人道学诗之迂拙也;李、杜、韩、苏诸集岂无艳体?然不至如晚唐人诗之纤且亵也",所以"酌乎其中,知必有道焉"。他认为伊朝栋《云林诗钞》"以温柔敦厚之旨,而出以一唱三叹之雅音"正是折衷于"道"的成功范例,因而许为"真诗人

---

[1] (清)纪昀:《纪晓岚文集》(第1册),河北教育出版社1991年版,第198页。

之诗,而非辞人之诗矣"[1]。所谓诗人之诗,也就是评《瀛奎律髓》反复提到的"诗人之笔"。杜甫《客亭》"圣朝无弃物,老病已成翁"[2],王禹偁《病起思归·其二》颔联"明时遇主谁甘退,白发侵人自合休"[3],梅尧臣《春寒》"蝶寒方敛翅,花冷不开心"[4],张耒《送杨补之赴鄂州支使》"涕泪两家同患难,光阴一半属分离"[5],陈师道《次韵无斁偶作》结联"圣朝无弃物,与子赋归哉"[6]等句,都曾得到这一评价,核心仍不外是温柔敦厚的诗教之旨。陆游《书直舍壁》"渠清水马健,屋老瓦松长"一联,方回称许"水马、瓦松诗人罕用",纪昀则鄙其"总搜索此种以为新,而诗之本真隐矣。夫发乎情、止乎礼义,岂新

---

1 (清)纪昀:《纪晓岚文集》(第1册),河北教育出版社1991年版,第199页。
2 (清)方回选评,李庆甲集评校点:《瀛奎律髓汇评》(上),上海古籍出版社1986年版,第503页。
3 (清)方回选评,李庆甲集评校点:《瀛奎律髓汇评》(下),上海古籍出版社1986年版,第1592页。
4 (清)方回选评,李庆甲集评校点:《瀛奎律髓汇评》(上),上海古籍出版社1986年版,第344页。
5 (清)方回选评,李庆甲集评校点:《瀛奎律髓汇评》(中),上海古籍出版社1986年版,第1088页。
6 (清)方回选评,李庆甲集评校点:《瀛奎律髓汇评》(下),上海古籍出版社1986年版,第1550页。

字、新句足谓哉"[1]？再度印证前文所指出的，"新"在纪昀诗学中并不是一个充分的价值，距诗教的核心宗旨更远。

出自《周易》的拟议、变化之说，宋元以前不为人注意，直到明代格调派才发挥其义。纪昀在《鹤街诗稿序》中特别加以阐述，反思了这一对概念的诗学意义。回顾诗歌演生、发展的历史进程，纪昀很是感慨：上古朴素的抒情在"心灵百变，物色万端"的交相作用下，演变为后世工巧的文字，"体格日新，宗派日别，作者各以其才力学问智角贤争，诗之变态遂至于隶首不能算。然自汉魏以至今日，其源流正变、胜负得失，虽相竞者非一日，而撮其大概，不过拟议、变化之两途"。也就是说，诗歌史的演进，不外乎模拟、创变两种运动模式。可是他发现这两种模式如何协调得当、达至理想的结果，竟是很难的事。尤其是明代诗歌史，呈现在他眼中的是一系列失败的例子。除了众所周知的"王、李之派，有拟议而无变化，故尘饭土羹；三袁、钟谭之派，有变化而无拟议，故偭规破矩"[2]，

---

[1]（清）方回选评，李庆甲集评校点：《瀛奎律髓汇评》（上），上海古籍出版社1986年版，第253页。
[2]（清）纪昀：《四百三十二峰草堂诗钞序》，载《纪晓岚文集》（第1册），河北教育出版社1991年版，第207页。

他还举出两个更著名的诗人为例:

> 从拟议之说最著者无过青丘。仿汉魏似汉魏,仿六朝似六朝,仿唐似唐,仿宋似宋,而问青丘之体裁如何? 则莫能举也。从变化之说最著者无过铁崖。怪怪奇奇,不能方物,而不能解文妖之目,其亦劳而鲜功乎?[1]

高启模仿能力虽强,但终究失去自家面目,没能创造出属于自己的风格;杨维桢始终在探索新异的风格,一变再变,却流于邪魔外道,被目为诗妖。纪昀折中古今作者得失,最后总结出:只有"能抒其性情,戛戛独造,不落因陈之窠臼",同时又"意境遥深,隐合温柔敦厚之旨,亦不偾古人之规矩",才能"自言其志,毅然自为一家"。[2] 而对古人的规矩,又"必心灵自运而后能不立一法、不离一法,所谓神而明之,存乎其人也"[3]。这就有力地回答了江西诗派"活法"说带来的要不要

---

1 (清)纪昀:《纪晓岚文集》(第1册),河北教育出版社1991年版,第206页。
2 (清)纪昀:《纪晓岚文集》(第1册),河北教育出版社1991年版,第207页。
3 (清)纪昀:《四百三十二峰草堂诗钞序》,载《纪晓岚文集》(第1册),河北教育出版社1991年版,第207页。

规矩、如何运用规矩的根本问题，从而对性灵派作用于传统诗歌理论的瓦解力量有所消解。

当然，作为博通古今学问、淹贯历代诗歌的批评家，纪昀也深知诗歌创作绝非只受主观意识主导，来自外部环境的影响同样不可忽视。《爱鼎堂遗集序》特别指出，诗歌的变化是由两个外部因素决定的：

> 三古以来，文章日变。其间，有气运焉，有风尚焉。史莫善于班、马，而班、马不能为《尚书》《春秋》；诗莫善于李、杜，而李、杜不能为《三百篇》：此关乎气运者也。至风尚所趋，则人心为之矣。其间异同得失，缕数难穷。大抵趋风尚三途：其一厌故喜新，其一巧投时好，其一循声附和，随波而浮沉。变风尚者二途：其一乘将变之势，斗巧争长；其一则于积坏之余，挽狂澜而反之正。[1]

将文学变化的动力归结于气运和风尚，不是什么创见。纪昀的过人之处在于清楚气运是无法讨论的，可以谈论的只有风

---

[1] （清）纪昀：《纪晓岚文集》（第1册），河北教育出版社1991年版，第188页。

尚，因此用心对风尚做了细致的分析，将追逐风尚的主观动因概括为三点，将扭转风尚的主观动因概括为两点，不无见地。

总体来看，纪昀诗学没有提出什么新的理论命题，但对传统诗学的核心观念都有所反思，有所阐发。那些已有点黯淡无光的古老概念和命题经他重描和运用，重新引起了诗家的注意。如门人梁章钜论诗即推本于《三百篇》，以"思无邪"为《三百篇》之宗旨，以"兴观群怨"为《三百篇》之门径，以"温柔敦厚"为《三百篇》之性情，诫学人"但就此三层上用心，源头既通，把握自定"[1]。但问题是太老的招牌，即便散发出新油漆的气味，也终究改变不了旧的框架。倒是一些晚起的概念，经他使用后，却逐渐进入后人的批评视野中。比较典型的如"兴象"，这个唐代诗论所孕育的概念，后人很少沿用，但纪昀的评点却一再使用，如评王维《登辨觉寺》云："五、六句兴象深微，特为神妙。"以致许印芳特别提醒读者："晓岚论诗主兴象，即此可见。"[2] 还有"意境"一词，前人使用

---

[1] （清）梁章钜：《退庵随笔》，载郭绍虞编选，富寿荪校点《清诗话续编》（第3册），上海古籍出版社1983年版，第1949页。
[2] （清）方回选评，李庆甲集评校点：《瀛奎律髓汇评》（下），上海古籍出版社1986年版，第1628页。

得更少。吴之振《重刊瀛奎律髓序》有云:"作者代生,各极其才而尽其变,于是诗之意境开展而不竭,诗之理趣发泄而无余。"[1]纪昀评点其书,或许灵犀心印,不仅评点中(包括《唐人试律说》《庚辰集》)屡屡使用,所纂《四库全书总目》集部提要中也反复使用,络绎不绝。随着《四库全书总目》作为钦定之书一再翻刻,颁行天下,"意境"一词也广为传播,深入人心,逐渐成为诗家常用的概念。不过其义涵通常不外乎指作品的"立意取境",偶尔也有专指作者意趣的,如《与陈梅垞编修书》所云"李邺侯披一品衣,抱九仙骨,其意境不在形骸间也"[2]。要之,都属于古典诗学的范畴,比起王国维以降作为现代美学概念的流行用法远为狭窄[3],这里不再展开讨论。

(原刊《文艺研究》2015年第10期)

---

1 (清)方回选评,李庆甲集评校点:《瀛奎律髓汇评》(下),上海古籍出版社1986年版,第1813页。
2 (清)纪昀:《纪晓岚文集》(第1册),河北教育出版社1991年版,第278页。
3 关于"意境"概念古今内涵的差异,参见蒋寅《原始与会通:"意境"概念的古与今——兼论王国维对"意境"的曲解》,《北京大学学报(哲学社会科学版)》2007年第3期。